大人的村上檢定

即使親密友人也無法給予又深又硬的安慰的村上春樹專門讀本

余永寬　胡晴舫　郭正佩　楊佳嫻　高翊峰　陳輝龍　王丹　陳栢青
伊格言　盛浩偉　蔡雨杉　賴明珠　藤井省三　張明敏　徐子怡　著
村上文學檢定士協會　編

Level 4

初級！村上入門檢定——那些年我們收聽的村上收音機

Level 3

中級！村上進階檢定
——通往村上春樹的祕語森林

Level 2

中上級！村上「迷」資格檢定
——正宗村上文學的巡禮之年

Level 1

高級！村上「狂」資格檢定
——在最深最酷的井刺殺村上春樹

Level 4

村上入門檢定

那些年我們收聽的村上收音機

初級

回憶咖啡館裡的挪威森林

余永寬

1

我想念那時候的天氣。冬天開始到初夏陰雨不斷，連下四 五天是常有的事。剛從台中到木柵念大學的你，對台北的雨感到痛苦，不願天天留在宿舍發霉，騎車進城喝咖啡買書辦事。脫下濕黏的雨衣及鞋子，你忍不住咒罵並問：「什麼鬼天氣，台北的雨是不會停嗎？」

「就是因為如此，所以我才開咖啡館，不用出門工作！」住在咖啡館樓上的我笑著回答。

2

咖啡館裡總是少不了一些像你一樣自認特別的年輕人，熱心參與任何話題，什麼事都能插上一腳的特別，表現自己很帥出類拔萃與眾不同的特別，自命不凡前途有無限可能輕視一切準備開創時代的特別。而門口聚集一群重機青年坐在那裡，看起來就非常特別。無限可能就會有很多選擇，這些選擇日後讓人產生很多困擾。大一時的你常和一群同學一起出現，偶爾也和不同的女孩單獨約會，你也知道她們之中有幾個是喜歡你的，一段青春自信相處愉快的日子。我也和女孩們越來越熟，常常聽她們聊一些你的事。大一暑假你終於做了決定，選擇了和系上最神祕外表出眾氣質高雅大小姐類型的女孩在一起，消息傳出後，女孩們約了你的室友到咖啡館裡把事情的來龍去脈從頭到尾問清楚，故作鎮定聽完後淚流漣漣。再度開學投入兩人世界的你很少來咖啡館了，女孩們不再開懷大笑，躲在最角落有檯燈的小桌子看書寫作業。

3

走進咖啡館，你點了一份下午茶套餐，接著氣憤地說：「捐血車不讓我捐血。」

「為什麼？」我問。

「捐血車的人說我今年和三個人有過性行為，規定是只能有一個，所以不能捐。」

「我今年交過兩個女朋友，那就不能捐血喔？」

「不讓我捐為什麼要把車子停在校門口？」你連續說道。
「誰叫你填調查表的時候要那麼誠實。」
「睡過頭沒上到課，那就捐個血吧，想拿一份免費的食物竟也被拒絕？不爽！」
「那另一個是誰？我認識嗎？是不是店裡的客人？」
「當然不是，只不過是幫同學慶生在夜店發生的插曲。」
「炫耀喔！」我說。

4

你很少進教室上課，下午總是待在咖啡館裡看書想事情，等黃昏時到籃球場和校隊一起練球。雖然如此，學分從未被當，全數過關。你喜歡看長篇文學巨作，有次讀完《卡拉馬助夫兄弟們》，你讚嘆地說太好看了！身為天主教徒，家中有七位兄弟姐妹的你心有戚戚焉。小說森林是你自修的教育。那時候咖啡館的音樂還在爵士時代，尚未進入搖滾時期，適合閱讀。我記得有位女生對你很感興趣，常常拷問你，有次還將檯燈翻轉，光線直射向你，招供一般。

「凡是可以說的，都是可以說清楚的，凡不可以說的，應當沉默。」

你有一副健美先生的身材，上臂和大腿的肌肉發達到常會摩擦到身體，走路有些困擾。大學最後一年，有位教授希望你留下來考研究所，想收你為學生。

「教授說很欣賞我，覺得我很優秀，要我和他一起做研究。」

「可是我根本沒有去上他的課，成績還給我很高，不明白他為什麼會這樣說？」

你說。

「可能是仰慕你完美的形象吧。」

「如果他知道你在這裡，一定每天來喝咖啡。」

我說。

你是個有信念的人，相信自己的決定。

5

從大學口出發，我和你常常先到派地音樂買幾張CD，有一次路上擠滿了人，原來是梁詠琪在櫃台裡簽名會歌迷，我們不買流行音樂，店員直接放行讓我們上二樓、三樓的爵士、搖滾和古典部，那時候梁詠琪還沒被鄭伊健把走，留短短的頭髮像念高中的帥氣小男生。我買了兩張約翰．柯川和三張新到貨的妮娜．席夢。穿越羅斯福路到誠品書店順手買了一本UNCUT音樂雜誌後拐進小巷裡，有時我們會走下唐山書店，翻閱《島嶼邊緣》和當時要花錢買的《破週報》。走進溫州街，我一定會觀察其他咖啡館的生意狀況。溫州街上有幾家同樣取名叫「多多」的商店，做著不同類型的行業，不知是否親戚關係？你很喜歡吃多多的餛飩乾麵，清淡健康，老闆看起來有一點凶，其實只是客人要照他的規定填寫單子。中段的溫州街人車較少，還留著一些日式平房宿舍，適合散步，我們總是邊走邊聊著一些新近的話題，那時黑森林德國餐廳還只是一間賣甜點的小店，也曾在紫藤廬泡過幾次茶，轉回泰順街往裡走到龍泉街上就是師大夜市，燈籠滷味前後這段路人潮洶湧，近來賣服飾的店增加很多，師大路口可以添購一些日常用品，牛魔王往裡走的紅茶館可以小歇一下喝杯飲料，對面是要排隊的水煎包。舊巫雲的店裡堆滿了唱片，老五的主業是收唱片，賣雲南菜是副業。師大路另一頭的小公園裡，晚上有很多人蹲著喝酒，地下社會傳出現場搖滾的樂聲。水準書店的老闆推薦你加一本《安娜．卡列妮娜》，算你五折就好，他說看過這本書才算念過大學。穿過和平東路走進師大校園，你說岩井俊二的電影《情書》是參考《挪威的森林》構思拍攝的。你記得中山美穗對著雪景大喊「你好嗎」、「我很好」，以及在圖書館閱讀《追憶似水年華》的柏原崇，消失在窗簾後方的畫面。走出後面的小門就是永康街了。這條散步路線，我走了將近二十年。

6

比起現在的豪大雨，我喜歡那時候的下不停的陰雨天，躲在咖啡館聽銀河五百、紅屋畫家，只要女孩樂團這些悲傷悵惘的音樂時光。土石流山崩應該像以前停留在地理課本的知識裡。發生在現實社會，讓活在台北水泥叢林的我充滿罪惡感。老人們不應該在泡水的安養中心動彈不得，應該是在一陣西北雨後的午睡中醒來，走到戶外看著快乾的馬路和鄰居寒暄：「雨已經下過了嗎？涼爽多了！」

每年聖誕夜的晚上，你都會先到咖啡館要求我放約翰・藍儂的“Imagine”和“Happy X'mas (War Is Over)”，在客人稀疏的時刻，記得你曾對我說：「別再跟熟客吵架了，和平！」

好吧！在你趕赴派對之前，我們再次和藍儂一起許下「世界和平」這個願望。

余永寬

出生於一九六六年。「挪威的森林」、「海邊的卡夫卡」咖啡館創辦人。著有《煮杯好咖啡》、《從我們的眼睛看見島嶼天光》，偶爾發表一些文章。

終於日本的村上先生

胡晴舫

我現在打字的地點是一間叫力彌的京都旅館。力彌旅館隔壁是福德院，屬於高台寺的一部分。豐臣秀吉死後，他的正室北政所寧寧在福德院度完餘生。就像所有好色男人的妻子一樣，北政所虔誠向佛，在德川家康協助下，在關西一帶四處蓋廟。當大阪之役發生，隱居福德院多時的北政所選擇站在德川家康這邊，坐視豐臣家慘烈敗陣，秀吉側室淀殿攜子與親信在糧倉自盡。德川家大勝，自此，日本的權力中心由關西移到關東。高台寺迄今供奉著北政所與秀吉的靈位，鄰近墓園埋著坂本龍馬的墓塚。

雖然京都早已濃濃觀光味，高台寺和鄰近的清水寺（以及大概全部的京都廟宇）均不再肅穆幽靜，而是永遠充滿喧鬧遊客，他們逛寺廟的神情就像兒童上迪士尼樂園般喜悅，男女老少人手一架照相機，鏡頭一支比一支巨大，好像黑道槍械比賽，從迷你手槍到衝鋒槍到火箭炮，應有盡有。我入住力彌旅館的季節正值秋意深濃，落雨之後的京都夜晚，人跡終於稀少，石階濕冷，微映月光，附近林園深幽，帶點寂涼況味，我不禁相信眼前這片景致仍似四百年前，與北政所每晚閉上眼睛前所感受的清靈氛圍一模一樣。

這片我躺著的榻榻米，相當於旁邊寺廟地板的高度，跟許許多多墓塚比鄰。榻榻米有點老舊，但保養得很好，聞上去仍散發藺草的清香，樑上掛著漢字匾額，以漂亮書法寫出「福以德招」四字，外頭京都街頭呼呼颳過山風，震得窗子咯咯作響，更襯四周的寂靜。我的私人物品從旅行袋流出，穿了一整天的臭襪子、手機充電器、麥可．翁達傑的最新小說，在榻榻米上恣意漫溢，雖然突兀，卻又有點隨遇而安的怡然。看著我的黑色毛線帽靜靜擱在枕頭邊，不知為何，我腦海裡突然冒出馬文．蓋伊（Marvin Gaye）那首歌〈隨處我擱下我的帽子（就是我的家）〉（Wherever I Lay My Hat (That's My Home)）。

我不愛記錄旅行。一來我這人旅行向來毫無章法，只是隨處漫遊，就跟我的人生規劃一樣散漫沒出息，二來我從來不覺得我的旅行經驗真有什麼特殊之情。寫下來，意義不大。就像這篇文章開頭兩段，直描我目前身處所在，正巧證明了無意義的這層意義。

上世紀九〇年代，網路發明之前，還沒有圖文並茂的部落格、臉書，也沒有維基百科，手機仍不普及，且尚未有照相功能，那個年代每年就已有幾百萬日本人出國，村上春樹滿三十七歲，有一天早晨醒來，忽然聽見了遠方的大鼓聲，「從很遙遠的地方、從很遙遠的時間，傳來那大鼓的聲音」，聽著那聲音，他開始想「無論如何都要去作一次長長的旅行」。

他於是打包出發。很長一段時間，他變成一個所謂長駐海外的日本作家（出生京都，住在東京，他算關東人還是關西人這個問題在那段時間肯定顯得無關緊要）。等回日本，為了找資料寫小說，他還是時常旅行，斷斷續續隨手寫了許多旅行文章。

他消除了寫什麼紀行的偉大念頭，盡量簡單而真實地寫，描繪異地的生活點滴，但那幾本文字寫成的旅遊書，說真的，若他不是村上春樹，在這個紀錄氾濫的時代，恐怕將淹沒在一堆YouTube頻道裡。人們讀《遠方的鼓聲》、《終於悲哀的外國語》、《邊境．近境》，因為那是「村上春樹的」生活散文，滿足讀者對村上這個人的偷窺慾，知道他去了哪裡，吃了什麼，見了誰，長途旅行都帶哪些音樂上路。若只是一般日本歐吉桑寫的旅遊札記，我相信知音還是有，只是要翻成多國語文，賣掉幾百萬本，那挑戰度就很高了。

就像現在，如果我繼續把頭兩段寫下去，寫成一篇京都遊記，對讀者來說，不如旅遊指南實用，不比臉友照片親切，不及他個人網誌有紀念價值。寫京都這件事情上，我還真的比不上一個普通的日本歐吉桑喔，至少他還會有在地人的權威。

我終究動情記錄了自己今夜所在位置，大概因為現在我已確知明年我就會搬離東京，以後來趟京都就不是跳上新幹線兩小時就到了的事情，也因為京都已經連續下了兩夜雨，我實在有點憂鬱。也可能因為天天睡在寺廟與墓園旁的旅館裡，臥在神明腳下，同逝者枕地而眠，讓我覺得再沒有比寫出自己此時此刻在地球上的座標這件事更虛無了。寫下來了又怎樣。真的就能證明我的存在，我活過，我來過，我這人的思想有一丁點什麼價值，值得旁人閱讀。

村上春樹說，寫旅遊文章「這種事繼續做幾次之後，就會很清楚地知道自己這個人的思想或存在本身是多麼一時性、過渡性了。」

人生本來就是一種過渡性的行為。旅行更強化了這種一時性、過渡性的感覺。換間旅館，逛條小街，看座花園，都能觸動心思，情感湧動似雲霧變化。沿途風景，皆是人生幻景。一般相信這就是旅行的功能，讓人脫離頑固的日常習慣，換個角度觀看世界。但，我始終認為，每個人隱隱約約在心中感受到了卻很少直接說出來的，恐怕是明白了自己生命的過渡性吧。

命運將我帶往東京。一眨眼，我就住了三年。很快我就要離開，我這人在東京生活過的痕跡將如京都石階，縱然遊客如織，萬足踏過，一夜雨後，隔日放晴，便乾淨無跡，只剩下石頭對歷史時光的無動於衷。來兩天，住五年，一輩子都不離開，我這人在世上所作所為依然具有消逝性質，旅行的行為提示了生命的本質。

現實生活裡，我不認識村上先生。我跟他之間的距離，如同巴黎到月球一樣遠，住在東京並沒有讓我跟他因此而接近，搬離東京也不會拉遠更多。當我聽說村上先生時常出沒我家附近的某間爵士樂酒吧，幾度徘徊門外，我也始終沒膽涉足。但我並不渴望見到他。青年時期起，我便是村上先生的忠實讀者，我個人的生命經歷其實跟村上先生上半輩子有點類似，修過戲劇，閱讀英美小說，三十歲以前都辛苦勞動，乃至於後來專事寫作依然保持刻苦耐勞的慢跑精神，去過的地方也差不多，甚至同一星座，但我相信如果現實中兩人見面，應該只會握手，空泛談點天氣和歐巴馬，等不到其中一人提起我們都鍾愛的費滋傑羅，就會禮貌道別。

為什麼生活經歷跟自己越親近的作家，見了面反而更沒話說呢。讓我模擬一下村上先生的語調：應該說，因為質地太相近，太熟悉了，瞄上一眼便如雷射掃描般清清楚楚，反而缺乏異國感，引不起想要趨前深究的慾望，真傷腦筋。

在路上，有時去到某地方，我馬上有種昔日來過的假記憶感，因之非常喜歡那裡，待著不願走。到後來，我搞不清楚人究竟是為了前往跟自身生命氣質迥異的地方而奔波旅行，還是為了追尋符合自身生命氣質的地方而冒險跋涉。我閱讀村上先生，是因為他說出了我心中所想，還是因為他指出了我從沒想過的觀點。

「我任何地方都可以去，任何地方也去不成。」真傷腦筋。

胡晴舫

出生於台北，台大外文系畢業，美國威斯康辛大學戲劇學碩士。著有《旅人》、《她》、《濫情者》、《辦公室》、《人間喜劇》、《我這一代人》、《城市的憂鬱》、《第三人》、《懸浮》、《無名者》等。

「挪威的森林」踏查記

郭正佩

怎麼走都走不完的東京街頭：西國分寺・目白・中央線

從《挪威的森林》到同樣寫於南歐的《舞・舞・舞》，及之後的《國境之南・太陽之西》，三本小說裡的主人翁，都因為各種各樣原因，在東京街頭一個勁長時間走著。

二十多年來，《挪威的森林》的千萬讀者，倘若有機會到東京，或許也想如書中男女主角直子、渡邊徹一般，試著乘坐中央線從四谷（四ッ谷）站出發，沿著鐵道旁外濠土堤散步經過市谷（市ヶ谷），一路走過飯田橋、御茶之水（御茶の水）、本鄉，甚至到駒込。

這是一條因為《挪威的森林》暢銷因而著名的經典散步道路，總長超過十公里，從男女主角在中央線電車上偶然重逢開始。相遇時，直子在中央線新宿以西國分寺租了房子。渡邊則住在位於目白，以村上春樹早稻田時期住的「和敬塾」為藍圖的大學宿舍。這兩個地方、中央線電車，在村上春樹的散文及小說裡屢屢出現，有其地理上的原因。

1974 年左右，二十多歲，和夫人陽子剛結婚不久，窮得可以登上金氏世界紀綠的年代，村上春樹曾在國分寺附近，中央線及西武國分寺線兩條鐵道交會之處狹長三角地帶租屋而居。這段經歷，後來在《遇見 100% 的女孩》裡，以〈起司蛋糕形的我的貧窮〉短篇小說形式出現。早稻田時期居住過的「和敬塾」，首先在短篇小說〈螢火蟲〉裡出現，而後演變成《挪威的森林》裡的主要場景。

渡邊與直子的東京散步：四谷・市谷・飯田橋

渡邊和直子重逢後在中央線四谷站下車，從車站沿著鐵路往東北邊市谷方向，或是西南邊信濃町方向，都有上坡土堤。從四谷到飯田橋，沿著中央線鐵道土堤，一路長達一、兩公里滿植櫻樹，春日暖風迎面吹來，雪片般粉紅花瓣翩翩飄下，浪漫至極。

即便是直子和渡邊相遇的初夏、甚或隆冬午後，也如書中所寫：「鮮綠色的櫻樹葉子迎風搖曳，閃閃爍爍地反射著陽光。……在星期天下午溫暖的陽光下，每個人看來都那麼幸福。」

繁忙快速的東京都心，這是難得的一塊休憩場所。陽光從櫻樹枝幹之間灑在土堤上，兩旁是老樹幹做成的長椅。午後人不多，偶有上智大學及明治大學研究員外出散步；或是偷閒出來蹲坐著吃早午餐的東京上班族。土堤一旁是皇居外濠，藻綠色水緩緩流動著。慢慢散步到飯田橋附近，在露天運河咖啡館（Canal Café）稍坐片刻；午後，黃昏天空變成碧藍色時刻，最是舒服。

神保町・御茶水

從飯田橋附近走下濠邊向右轉，沿著早稻田通往東南方走，經過靖國神社來到日本武道館旁的九段下。九段下左轉靖國通往東走，不遠處就是以舊書街聞名的神田神保町，也是男主角渡邊原本的目的地。

神保町三省堂書局附近左轉，穿過富士見坂接上明大通，左手邊是文人作家相當喜愛的山之上旅館以及明治大學，再往北邊不遠就是御茶水車站。御茶水車站不遠處，三島由紀夫生前常去的畫廊喫茶館ミロー如今仍在。車站東邊聖橋附近，也是侯孝賢導演《珈琲時光》裡令人印象深刻的場景。

本鄉・駒込

御茶水車站西邊跨過神田川往左手邊走，右前方是東京齒科大學，經過順天堂病院右轉往北走，接上本鄉通，進入本鄉三丁目。再走一段距離，就是東京大學本鄉校區。沿著本鄉通繼續往北走，從路旁的巴士站牌看來，要到這段散步路線終點駒込，還有六站左右距離（直子的腳力真好）。經過江戶時期吉祥寺所在地，春櫻秋楓皆美的六義園，終於抵達駒込車站。到此，直子和渡邊在車站旁或許是小松庵之處吃了蕎麥麵，然後搭上山手線各自回住處。

渡邊和綠的東京：雙葉中學

《挪威的森林》另一位女主角，是男主角渡邊徹大學「戲劇史Ⅱ」課同學，小林綠。小林綠出生於東京豐島區大塚書店人家。因為小時成績不錯，被經營書店的父母送到四谷附近的女子菁英中學。四谷車站附近走上外濠土堤不久，就能看到小說裡綠帶著渡邊去過的女子菁英學校「雙葉中學」。

荒川都電

如今，荒川都電是東京除了私鐵四田谷線之外僅存的路面電車。從早稻田車站出發，經過小說中小林綠家裡經營的書店及住處豐島區大塚，再到荒川區。都電沿路屬於東京都23區裡比較庶民下町區域，風景以及居民氣質多少仍存留著昭和年代殘留的氣息。

都電大塚站下車，可以看見故事裡小林綠家裡經營的「小林書店」附近環境。當然不是貴族高中裡同學們想像：大概是和紀伊國屋一樣那麼大的書店吧？如小說裡所描寫，這裡的馬路並不大起眼。沿街排列著的商店看來生意都不怎麼興旺，就算是書店，也只是街頭巷尾的陳舊小店罷了。

新宿紀伊國屋書店・爵士喫茶館DUG

村上春樹小說裡的主角，大體上都喜歡讀書。常出現的場景，要不男主角是爵士喫茶咖啡館老闆，就是主角在書店買了書，到附近找家爵士喫茶店點杯咖啡，讀剛買的書。在《挪威的森林》，或是後來小說《1Q84》裡男主角天吾常去，也出現名字的書店，是位於新宿東口的紀伊國屋書店本店。

紀伊國屋新宿本店位於車站東口伊勢丹百貨附近。從1960年代就在新宿三丁目伊勢丹百貨附近營業，由日本知名爵士攝影師中平穗積經營的爵士酒吧DUG距離紀伊國屋新宿本店幾步之遙。不遠處如今交給兒子中平墨經營的New DUG仍維持舊有氣氛，可以輕輕鬆鬆喝喝酒聊天，聽聽爵士唱片，是《挪威的森林》裡，綠偶爾心情不好，一邊喝伏特加東尼吃開心果，一邊藉著和渡邊胡說八道排解心裡不順的場所。

日本橋高島屋的餐飲街和下雨的頂樓

當然如今在世界許多大城市裡都開了高島屋百貨分店，坐落在日本橋的高島屋卻是創業於江戶時代末期高島屋集團，於七十多年前昭和八年（1933）開幕，也是於平成二十一年（2009），第一個被日本指定為重要文化財的百貨公司建物。

地下鐵銀座線日本橋站下車，可以直接通往高島屋地下餐飲街。在這裡，渡邊和綠比較櫥窗裡的樣本模型後選擇什錦飯盒後再到百貨公司頂樓。渡邊和綠上去高島屋頂樓是個雨天，在一個人影也沒有，寵物賣場看不見店員，商店和兒童騎乘遊樂車馬賣票口鐵捲門也關閉著的雨夜，渡邊和綠確定了彼此的關係。事實上，書寫《挪威的森林》一書前，村上春樹曾在《村上朝日堂》系列裡，透露年輕時最喜歡和女孩子到百貨公司頂樓約會的經驗。

渡邊徹的三鷹雜木林・吉祥寺爵士喫茶館・燒烤店

《挪威的森林》裡男主角渡邊徹搬離目白大學宿舍之後，在吉祥寺附近找到一個出租平房。

1960-1970年代，日本大量出現專門播放爵士音樂的喫茶館；一直到今天，擁有「爵士之街」稱呼的吉祥寺仍然存有幾家當時開幕至今的爵士喫茶店。其中，由日本著名爵士評論家寺島靖國所經營，過去禁止客人交談，只能專心聆聽爵士音樂的喫茶館「MEG」仍在，客人大多獨自前來，板著臉欣賞大音量播放的爵士樂。

吉祥寺附近井之頭公園樹林一直延伸到村上春樹本人大學時期居住過的三鷹武藏野雜木林

（在那裡撿到相依為命數年的彼德貓）。渡邊在吉祥寺附近打工時，認識美術大學學生伊東，晚上偶爾到雜木林附近伊東的出租公寓喝威士忌聽莫札特。

井之頭公園旁有家百年歷史燒烤店いせや，前往井之頭公園散步途中經過，少有人不被空氣中燒烤飄香吸引。《挪威的森林》電影版裡，除了井之頭公園雜木林，據說也到いせや取景，電影推出之後，不知道隊伍平均會增長多少？

郭正佩

台大物理系畢業後進入麻省理工學院、日本東京大學深造，研究數位影像內容搜尋管理。曾在法國電信公司巴黎研發中心實習，也曾在NTTDoCoMo無線通信研究所工作。著有《e貓掉進未來湯》、《絲慕巴黎》、《聖傑曼的佩——絲慕巴黎第二話》、《東京・村上春樹・旅》、《希臘・村上春樹・貓》、《托斯卡尼・鼓聲・艷陽》等作品。

嗨，孝太郎

楊佳嫻

我愛村上的散文隨筆勝過小說。嗯，這樣說會不會被村上迷覺得「什麼啊，你根本就不懂」呢？比如《挪威的森林》好了，每三、四年才重讀一次，可是《尋找漩渦貓的方法》，一年內就會重讀五、六次，而且每次都會在同樣的段落覺得「怎麼這樣，好有趣喔。」

百讀不厭的散文，通常具備「幽默」、「誠實」這兩種要素。而村上春樹的隨筆文章，二者兼具。幽默和趣味（或甚至也可以說是品味）有關，誠實則能顯露作者的性格（所以根本不是內容能不能虛構的問題，虛構的內容一樣可以顯露性格）。讀的時候很輕鬆，可是並不浮淺，讀完了總是能引發某些想像與思索，卻又不是那種說教的、強加什麼應該如何如何的責任在讀者頭上，多讀了幾篇，還能在文字裡和作者變成朋友，知道他的愛好、怪癖、辛苦的小事情和快樂的小事情。換句話說，是能捉摸到活生生的作者的輪廓。

台灣因為大小文學獎盛行，年輕人出道多半得透過文學獎，獎項憑單篇闖關，時常讀到結構嚴整、技巧一流、沒有性格的作品，其實這樣的散文毫無魅力（雖然很適合被選到選本或課堂上分析）。村上的隨筆散文，說有什麼結構嗎，還是什麼技巧，似乎不大看得出來，或者應該說很自然吧，讓人沒有壓力的寫法（但絕對不是輕視讀者而故意寫得簡單的那種），同時，性格非常鮮明，好惡和思考都誠實說出來，能解釋的就解釋，不能解釋的就……就也露出一副「那我就是這樣啊」的臉來（這一點和貓有點像）。

村上寫過一隻叫孝太郎的貓。是住在波士頓的事情。「春天來了以後，貓兒們也沒有什麼特別感動的神色」，「這種無動於衷的地方也正是貓的長處吧。」雖然非常疼愛鄰居詹姆斯養的莫里斯，可是村上卻擅自替那隻貓取名為孝太郎（呃）。「孝太郎是有一點不得要領的地方，缺乏決斷力，風采也少了些，是一隻茶色的公貓，不過個性還不錯」，由於時常搬家，沒辦法養貓，只好疼一疼鄰居的貓來滿足「貓飢渴。」村上夫人嘲笑他：「去招惹那種沒什麼魅力的貓，連你自己的人氣都會下跌喲。」初春，圍牆上還有一點殘雪，茶色胖貓搔搔頭，打個滾，那畫面想像起來其實還不錯。

在國外居住時，村上時常從各種文化與生活細節上的遭遇，討論不同國度或民族的內涵。同樣，也是用一種誠懇坦白的口氣來寫，不故作高深，也不是斬釘截鐵或傳播真理，就是聊天那樣邊想邊講，最後形成一種看法。他寫去牙買加度假，海水清澈溫暖，非常舒適，只是會遇到那種「高估日本人」的困擾，例如到餐廳吃飯，老闆出來招呼：「喜歡我們的餐廳嗎？」回答喜歡。老闆就說：「你是日本人，有錢人吧？怎麼樣，要不要買我們的餐廳？」我想當時村上的表情應該就是「囧。」後來才知道，牙買加產的藍山咖啡，八成五都外銷到日本去了，難怪人家會有這種想法。不只是藍山咖啡，對於鮪魚肚之類的東西也一樣，村上說：「在世界各地的日本人收買特殊物品的能力真的很強，可以說像蒸氣壓路機這麼強。」

如果我在什麼人身邊讀村上的散文隨筆集，總是忍不住要把剛剛讀到的段落跟那個人分享。搞不好對方覺得很煩也說不定。可是真的太有趣了嘛。比如他寫自己無法吃中國菜，即使是偽裝成日本菜的中國菜，也能敏銳地認出來，甚至拉麵、煎餃都不行。到中國旅行時，因為食物的緣故，非常辛苦。「在哈爾濱吃了披薩（到中國去吃披薩的傻瓜實在不多吧）。在長春吃了俄國的菜肉湯（borscht，呵呵呵，很難吃）。……另外吃了稀飯配酸梅乾，也吃了帶來的營養餅乾。連我自己都覺得真可憐」這種經歷——戳中我笑點的就是「呵呵呵，很難吃」——還興奮地跟旁邊的人分享呢。我想，朋友應該不是覺得村上莫名其妙，而是覺得作為太熱衷的讀者的我，有點智障吧。

還滿想摸摸孝太郎的。不過，borscht 並不難吃喔村上先生。

哎，所以呢，幾次諾貝爾文學獎揭曉，我總有一點點失望。這和覺得誰寫得比較好，倒沒有關係，純粹是因為我這一代文學讀者，根本是讀村上春樹長大的，對他比較有感情。村上在散文隨筆內很完整地展示了他觀看世界和寫作的方式，執著，好奇，親和，有毅力，有一點搏鬥意味地努力寫作，緊張和不那麼能應付時會說出來。他在異文化之間探索，克服困難，維持一種世界性的心靈。

楊佳嫻

高雄人。臺大中文所博士，清大中文系助理教授。著有詩集《屏息的文明》、《你的聲音充滿時間》、《少女維特》、《金烏》，散文集《海風野火花》、《雲和》、《瑪德蓮》、《小火山群》，編有《臺灣成長小說選》、《九歌105年度散文選》，合編有《青春無敵早點詩：中學生新詩選》、《靈魂的領地：國民散文讀本》、《港澳臺八十後詩人選集》。

如果天使分享語言

高翊峰

如果天使分享語言……寫下這句話的時候，我像似在質疑：

天使，曾經存在過嗎？

如果存在，祂們如何透過語言溝通語境？

春雷之後，下過了雨。幾場雨水在兩座山峰的縫隙之間，洗出海魚呼出的一口新鮮氣息。是有淡淡鹽味的嘆息。接著，露水緊緊擁抱著一顆大麥，喚醒沉默數百年的 一塊泥煤，讓一具不想冷靜下來的壺式蒸餾器暖了身體，思考著懂得抬頭也會低頭的林恩臂（Lyne Arm），還有躲在暗處的神祕蟲桶，以及未來，如果真的還有未來，該如何面對排列成軍隊的橡木桶群島……

面對這樣的威士忌語境，不知為何，我總有一種介於遲疑與猶豫之間的念頭，無法說明清楚，就像過去那些急躁混亂的日子。

在開始寫威士忌語境之前，我懷疑過，是因為村上春樹寫下了《如果我們的語言是威士忌》，所以再試著寫威士忌，都會是辛苦的？就像因為村上春樹聽見了《爵士群像》，之於使用文字思考日常的隱者，面對爵士樂最理想姿態，可能就只剩下雨天的陽台、黑啤酒和手捲菸……當然，如此描述，對村上春樹的作品，是不公允也不適切的。但確實有過一段迷途時光，我的心底釀著這份辛辣，就像單一麥芽威士忌裡的那種木辣。

我記錄了：飲者，應該是日常的癮者。

我也寫下：寫者，也該是日常的隱者。

我翻開二〇〇四年在島嶼出版的《如果我們的語言是威士忌》。在某一處空白的書頁上，還住著二〇〇四年十月十八號的自己。當時的我，還困擾於，如何完成一片葉子落地之前的詩意。於是在讀完村上的這本小書，寫下了令自己感到稚拙的文字：

有很久一段時間沒有讀村上春樹的作品了。這次閱讀，又再度勾起對村上式生活的眷戀。威士忌、音樂、旅行，之於一個人，一直都重要得無法被取代吧。回想起來，自從認真接觸小說創作之後，日常似乎被「過度矯正」到另一個美好的虛構世界了。就像一個曾經尚未長大的孩子，從一場寂寞的遊戲裡，躲入發燒的水溝，再游移到住滿羅漢石像的境域池裡。

只有一個人，才能待在真正寂寞的遊戲裡。

我如此想著，也想著要試試再多寫出幾個字。可以一邊喝著那瓶不在身邊的一九八五年

Dow's Vintage Port，一邊祭起靈魂，聆聽強尼．哈特曼的〈只是順道來看你〉，然後再寫點什麼‥也許只是「再寫出一張照片」這麼單純的事。

如此透過照片，再看見的東西，其實只是遺留在世界原本那一角落裡的記憶。這些記憶，多半都會發霧模糊，迷失了。可現在回想起來，那樣的模糊，竟然也有——真想再去一次啊，遇見那樣的人，喝上一口那樣的威士忌——如此吸引出美麗的力量。

模糊，有點像是威士忌的年份。

二〇〇四。對我來說，有一種逐漸模糊、但又有特殊恆溫的光感。

已經忘了當時看了哪些照片，又再寫落了什麼。不過那瓶一九八五年的 Dow's Vintage Port 一直存放在為我出版文字的出版人的酒櫃裡。直到現在，像似某種魔咒，我一直沒有找到更好的理由，將她開瓶。

可能已經過了適飲期。就像面對已經逝去的死者，過了適合記憶的保存期。

我一直知道，一切事物必然都會被時間損壞，但只要那瓶波特酒沒有被誰開瓶，我就還能記憶著一位朋友。偶爾在心底對他發發脾氣，讓他就那樣靜靜地、靜靜地，在固定的低溫下，躺成液態的活者。在某些時刻，比如經過某個現代化的酒窖，或者喝著某瓶在波特酒桶裡，過桶熟成多年的威士忌，我才又會哀矜地想起——對了，還有那樣的一瓶酒，平躺著等待著我。

現在，那瓶波特酒，又比一九八五再更老一些了吧。

如同那些陳年在橡木桶裡的威士忌，這瓶波特酒被裝瓶之後，依舊會與天使持續分享著她的身體。

這樣的分享，相較威士忌的熟成速率，更加緩慢，也更為安靜。是一種需要消化很久才能被吸收的時間感。當喝著不同陳年調和而成的威士忌，我有時會在她們的酒體裡，喝出熟成了不同年數的時間。她們透過氣味、淚腳下滑的速度，瓊漿本身的酒精濃度，有時是顏色，與可能的沉澱雜質醇質，通知著不同感受的時間。

我坐在書桌上想像，關於威士忌語境的敘事，約莫都要擁有這類「分享時間感」的氣質才行。

我也想像過，如果抵達蘇格蘭的艾雷島，應該如何面對島上七座老酒場與一座新酒廠的八種單一純麥威士忌；遇見島上一代又一代圍繞著麥田黑頭羊、也被海風包圍的蒸餾廠員工，我和他們分享的，不是別的，其實只是那些躲在年份背後的真實時間。

如此細細讀著《如果我們的語言是威士忌》，那它們就不再只是文字，而是蒸餾之後被灌入橡木桶的白狗。用舌尖嚐試的同時，這些文字不一定能接觸到時間，但都寫落了某種持續蒸發並且寧靜的香氣——某種過熟鳳梨果實的香氣。那些蘇格蘭威士忌，靜靜待在密封的空間裡，酒漿依舊透過辛辣的橡木木質的微小纖維縫隙，與圍繞在酒窖周邊的天使，交媾著美好。

可能是年輕時擔任多年酒保的遺毒吧！我很自然地喜愛著威士忌，像是走過台北這座城市，離開島嶼北漂數年，再返回島嶼，然後活下來了。就那樣的自然吧。

高地區、低地區、斯貝賽區，以及孤單停泊在海面上的島嶼區，還有那個半島上的坎培爾小鎮，我深深喜愛以威士忌產區區分的蘇格蘭單一麥芽威士忌，就好像開始寫小說之後遇上的那些小說家。

如果聚焦到艾雷島，樂加維林是卡夫卡，那位於中央的波摩有點像是papa海明威，小農場齊侯門可能會是日常短篇的瑞蒙．卡佛，充滿實驗力量的布萊迪可以對應大江健三郎，而雅柏會是啟發的行者魯佛，布納哈本是例外者村上春樹，卡爾里拉是優雅的卡繆，而拉弗格便會是馬奎斯了。她們與他們一樣，都不是容易親近的。我有個直覺，待在威士忌酒體裡的高酒精，對虛偽舌頭原本就是不耐煩的。她們是值得驕傲的。有句威士忌的老話，可能佐證我的直覺——喜歡威士忌的人，最後一定會回到艾雷島——愛上那些燒與燻的泥煤與煙味，愛上那種無法停止的海風才能沉澱其中的潮藻碘酒氣息。

愛上了威士忌，便能懂得威士忌挑戰味蕾與嗅覺的姿態。

這些年過來之後，村上春樹的小說依舊迷人，我卻漸漸不在第一時間追逐他的小說，而是將小說放置書架一小段時間之後，再躲著一個人，慢慢開始讀。但不知為何，我越來越喜愛村上春樹寫的雜文。總覺得那裡頭，不是為了抒情與優美而存在，只是小說家的日常紀錄。會有這樣的閱讀口感的改變，或許是自己體認了一件事實：

一個寫者，永遠也無法像另一個寫者那樣寫小說。還能勉強去努力的，是試著想像他那樣活著的日子。因此不管是描述爵士樂聲音的方法、成為一名在快速競走中察覺呼吸節奏的實踐者，或者離開熟悉的島嶼到另一個或大些或小些的島嶼，發現某位悲哀的旅人，我都決定持續喝著威士忌，讓身體習慣酒精殘留，微弱但持續度日。

這樣似乎不好，但也沒有特別不好。就如同年輕時閱讀村上春樹的過渡，也是一種緩慢的熟成。在寧靜緩慢的陳年中，我漸漸體會到，思考與書寫「威士忌語境」的日子，彷彿就是威士忌熟成過程中的「天使分享」（Angel Share）。

如果天使分享語言，那些文字便會從皮膚的毛細孔，隨著時間，被天使取走取用。
只不過，隨著時間，天使們還拿走了哪些？
每每想到這個問題時，我才會再次意識到，妻子與兒子都還在身邊，只是她和他都不在這間躲藏著威士忌的房子裡。

高翊峰

小說家、編劇、導演。2012年由《聯合文學》雜誌評選為「20位四十歲以下最受期待的華文小說家。」文學作品曾獲：自由時報林榮三文學獎、聯合報文學獎、中國時報文學獎等等。戲劇作品曾獲：金鐘獎電視電影編劇獎。十八年時尚雜誌工作，曾擔任《COSMOPOLITAN》台灣版雜誌副總編輯，《MAXIM》中國版雜誌編輯總監，《GQ》台灣版雜誌副總編輯，《FHM》男人幫雜誌總編輯。個人出版品：《家，這個牢籠》、《肉身蛾》、《傷疤引子》、《奔馳在美麗的光裡》、《一公克的憂傷》、《烏鴉燒》等短篇小說集。長篇小說出版：《幻艙》、《泡沫戰爭》。小說作品已翻譯成英文、法文。最新出版：《恍惚，靜止卻又浮現——威士忌飲者的緩慢一瞬》（聯經出版）。

一九八九的 X'mas

陳輝龍

當時，1980 年代的尾巴快要過渡到 1990 的時候，我在台灣一家從電影到電玩，電影院到錄影帶無所不做的大型娛樂公司工作。雖然說是擔任管理階級的高幹，但是，那些我一點也不擅長的行政工作，都被能幹的其他同事鉅細靡遺滴水不漏地分擔了，於是，本人的公務時間幾乎就是完全被“Entertainment”（娛樂）這個字所完全覆蓋了。

即使經常性的超時工作，也從不自覺，當然，也不抱怨。（畢竟都是自己喜愛的各種玩意，感謝上帝都來不及了，還有時間為加班嘆氣嗎？）

當時，不知道是怎麼樣的巧合，每年的12月毫無意外的，總是有公務在身的，總要待在東京，且都會留下來度過平安夜，然後吃過澎湃的聖誕大餐，才會離開。

從 1989 年的第一個 Tokyo X'mas 開始，當時，我才二十出頭，到了最近一次 2009 年在田園調布“LITTLE GIANT”的 Jazz Bar 的平安夜止，居然已成四十出頭的大叔了。

二十出頭的東京最初 X'mas 應該是記憶最深刻的了。（感覺好像是想到初戀時光一般的，臉都發熱了。）

公事結束後的晚餐，負責與我合作的某卡通公司的主管告訴我說：「今年的東京跨年點燈精采得不得了，因為接著就是九〇年代了。因此，街道不夜城活動據說是二十年來最可觀的。你應該留下來，我來幫你多訂兩天南新宿凱悅飯店吧？就算是本公司答謝你的小回饋吧！」

（當時，內心暗暗喊出像刮刮樂中了小獎一樣的"YA!!"。感覺真是爽快極了。有人招待這種不必付出任何代價的聖誕假期，這是第一次，也是到目前為止，唯一的一次。當然會像首度戀情一樣的興奮，並且也終身難忘。）

多出來的東京聖誕假期，其實，我多半都在新宿「紀伊國屋書店」和澀谷"Tower Records"度過。（並沒有去聖誕大餐或狂歡採購什麼的……，真是出乎意料。）

原因很簡單，是因為本人突然發現，東京的聖誕，完完全全是為了情侶而設計的，不管是街道、燈光，一整套的逛街路徑，全都以「戀人約會」的模式布置而成。這樣子，讓孤單在外的我很尷尬，街上隨便逛逛，都是買聖誕禮物給lover的有情人，更不用說平安夜在路上情不自禁突然擁吻的男男女女了。

冬日東京的氣候，是我覺得最舒服的季節，尤其是有陽光的白天，一早起來，散步的過程，就會覺得吸入被過濾了好幾遍的乾淨空氣，加上軟暖冬陽，連晚上那些本來刺眼的情侶們，白天看起來，居然都變得順眼了。

新宿紀伊國屋書店，其實，不只是紀伊國屋書店的第一本鋪而已。除了充滿了歷史痕跡的書架上的書之外，這間年紀跟我一樣大的老店，還有時不時讓人驚奇的小畫廊。(這個 X'mas，我居然看到了號稱爵士「眼」奏大叔 William Claxton 的攝影展，這位先生幾乎用黑白膠片，看盡了所有當代 jazz 幕前台後，那次，我最感到激動的作品是“Charlie ‘Bird’ Parker, La Crescenta,1951”，Bird 恍惚的黑色剪影，舉起 sax 緩慢的輕移在放到全開大的銀鹽相紙上，看到 film 的粗顆粒子，也真的在幻覺裡聽到他吹著咆勃……) 這個午後，整個展示空間，可能只有我一個。(最好的觀看時刻，也不過如此。可能大部分的人，都忙著聖誕約會，因此，即使背景音樂都是由高音質的真空管放送出來的標準爵士佳作，也只有落單如我者，才有這種餘興。(呵，把自己講得好像極為可憐的樣子，其實，我真是爽到極點，索性坐在這喝免費咖啡，把超級電風琴手 Jimmy Smith 的聖誕大餐 (Christmas Cooking) 用耳朵一嗑再嗑地不知聽了幾遍黑膠重播。

正當我陶醉在魔幻的電風琴滑音嘀嘟嘀嘟的“Jingle Bells”時候，赫然發現我旁邊坐了一個雙頰削瘦的鬍子先生，也和我一樣隨著嘀嘟嘀嘟搖頭晃腦地跟著擺動時，頓時，腦海浮起了「德不孤，必有鄰」這樣一句好像不恰當的成語來。

鬍子阿伯冷冷地對我說：「這攝影展，兩天來，你是除了我以外，唯一的觀眾。」眼睛的餘光瞥到他手上有本貌似筆記本長相，「文藝春秋」版印著“THE SCRAP”的薄本軟精裝書。

「叫我澤野就好了。我在書店裡的雜貨區開了一間賣菸斗、捲菸紙，還兼賣些自己喜歡的CD，待會有空，可以過來坐坐。」他講完，就站起來，直接離開了。當然，看完展覽正是無聊透頂的自己二話不說，也跟著走到他掛著小小 "Sawano Shop" 綠布旗的店裡去了。

一般來說，賣捲菸紙的小鋪，通常都會掛滿 Bob Marley 的大海報或是牙買加的三色旗，然後，播放咚嗞~咚嗞的雷鬼樂聲。可是，這位澤野阿伯，很內斂的店裡，只有一面陳列販售 CD 的牆面，眼球掃瞄了一下，爵士樂有 70%，怪異的是，另外 30% 居然是古典音樂（且幾乎全是 solo 鋼琴）。

因為真的是間非常窄小的小鋪的原故，因此，我只能半被迫地坐在收銀的小桌子前，尷尬的……面對著老闆。

（凝結的空氣裡，迴盪著有點熟悉的鋼琴曲，拉威爾的單手曲目，《左手鋼琴協奏曲》，因為這是少數陰暗卻會被記憶的鋼琴曲，因為這曲子的開頭，每個小節的尾端，都像是迴音調過度似的，使人昏昏欲睡。）

澤野先生打開剛剛那本書的 pp.66-67 的跨頁，說：「現在這手令你有欲眠狀態的版本，正是村上春樹的剪報集，副標題叫『懷念的 1980 年代』。提到的 Leon Fleisher 與巴黎管弦樂團合作的版本，書裡不僅提到 1983 年 8 月 5 日出版的《LIFE》雜誌對雷恩．佛萊雪罹患右手動不了的腱鞘炎的報導，還提到了作者初次買古典樂唱片，是因為貪便宜，買了佛萊雪先生四張一套的貝多芬；然後用鋼琴家東山再起後的首次演奏會，突然插入這首他長年不得已的拉威爾的單手曲，來取悅從未聽過父親正常演出的佛萊雪的孩子，作為這短文的結束。」

他深吸了一口他自己剛捲好的紙菸，吐出後，有點嚴肅地說：「好的音樂寫作，理當如此。講一大堆樂理、音符、樂派……什麼的，一般人看了後，都不想聽了。」

我點點頭。（其實是鬆了一口氣，原本以為要跟我推銷這張我不可能買的CD。）

「你等會可以到前面紀伊國屋買一本來看，保證精采！」關於這本村上春樹的剪報集（其實，多數剪的是雜誌），幸好，這句話就ending了。後面，都是在聊哪種菸絲用哪種菸紙捲起來口味會比較好的話題。（我當下也被軟推銷地買了忘了牌子的菸絲，還有厚薄不同的菸紙數包。）

當然，也繞到書店買了被澤野先生大讚的《THE SCRAP——懷念的1980年代》，然後，到旁邊的葡萄酒小鋪，買了一瓶定價2000日圓左右的紅酒，自以為幸福得不得了地回到我那可以看到新宿電車進出的高樓旅館房間，過了個與世無爭的平安夜。

那個平安夜，我的東京第一個X'mas，我就喝著紅酒，配「無印良品」的鱈魚片起司條，聽著Wawa電視台的美國西岸爵士音樂節的節目，生吞活剝把書裡跟音樂有關的文章都讀了一遍。

然後，想起了一些關於音樂寫作上的事……。比如：可以把音樂變成主角，成為小說嗎？（不是配角般的小說背景音樂呦～）這類的事。

隔天早晨，在紅綠相間的聖誕布景的自助餐廳吃早餐時，真的寫出了到目前為止最暢銷的《雨中的咖啡館》這個故事的大綱。

現在，我真是由衷地感謝這本《THE SCRAP——懷念的1980年代》書與作者與澤野先生與知名不具的某卡通公司主管的啟發與幫助。

（寫出感同身受的音樂文字，確實不容易。村上大叔的持續存在，果然讓我們不覺得那麼孤單。）

陳輝龍

祖籍北京，基隆生。曾任職許多媒體，並創辦許多新媒體。現專職創作。著有小說《單人翹翹板》、《不婚夫婦戀愛事情》、《那些人，那些事，那些季節》、《寫給C》、《每次三片》、《南方旅館》、《雨中的咖啡館》和《照相簿子》、《摩登原始人》、《規矩游街幫》、《情緒化的情節》、《今天天氣晴朗》等書（多已絕版）。2012年出版《目的地南方旅館》，合舊版《南方旅館》、《那些人，那些事，那些季節》、《每次三片》、《寫給C》四部作品於一帙。2015年出版《不論下雨或晴天：陳老闆唱片行》一書。2017年出版《固執的小吃們，以及島嶼偏食》。

關於跑步，我也想說的是……

王丹

寫下這個標題，其實真的沒有抬高自己，要跟村上春樹相提並論的意思。但是還是跟村上有關，因為他的這本《關於跑步，我說的其實是……》讓我看了之後，有心有戚戚焉的感覺。

這首先是因為時空環境的重疊。書中，村上春樹這樣描寫他的跑步環境：「滔滔流水，正朝波士頓灣無聲地流去。那水浸透河岸，讓岸上綠色的夏草旺盛成長，養活許多水鳥，穿過石砌古橋下方，河面映出夏日的浮雲（冬天水上還有浮冰），河水不急，也不稍停地，像通過許多檢驗依然不動搖的觀念那樣，只是默默地朝海流去。」而這，正是我在哈佛念書的時光中，常常沉浸其中的環境。我也曾寫過一些文字，試圖白描出查爾斯河兩岸的風光，作為對於讀書時光的紀念。但是我必須承認，看到村上的文字，就是看到自己在寫作上的差距。

在我濃烈的懷念中，缺少的正是村上春樹這樣的淡淡的畫面的感覺。他的文字看起來絮絮叨叨的，好像潑灑在地上的茶水四處蔓延，但是讓讀者覺得親切，沒有距離感。這讓我想起林語堂。有些作家的絮叨會讓我感到厭煩，比如余秋雨，但是村上春樹的絮叨，反而會讓我看到上癮。作家水平的高低，於此就可見一斑吧。

然後打動我的，就是村上跑步帶來的人生感悟。這本來對我來說，也是某一種生命旅程中的「小確幸。」現在就讓我羅列如下：

跑步，是一種需要毅力去堅持的事情。村上春樹在書中援引過毛姆的一句名言「任何刮鬍刀都有哲學」，他演繹說：「不管多麼無聊的事情，只要每天堅持，其中都會產生某種類似觀照的東西吧。」當然啊，對此我不能同意更多。

在我看來，堅持的意義有兩個：第一，堅持本身就是意義。當跑步變成一種生活的習慣的時候，它其實已經不再成為一種手段，它自己就變成了目的。在這個情勢隨時變化的時代，能夠堅持都成了一種美德，而且是需要自我訓練才能養成的美德。跑步，就是這樣的一種訓練。第二，當你渴求得到什麼的時候，你一定要知道，最簡單的得到的方式，就是堅持這件事。生命也是如此：你堅持下來了，你才能知道堅持的美好。我們跑步的過程，就是在堅持與放棄之間掙扎的過程。如果你放棄，你就不會到達終點，只有堅持，才能得到。跑步因此也是一種渡過人生之河的體能訓練。

跑步，也是典型的自討苦吃，北京話，稱作「自己跟自己較勁兒。」我跟村上春樹的境界完全沒有辦法比，因為我離開哈佛來到台灣之後，跑步就變成了健身房中的事情。但是即使如此，跑步還是一件大量消耗體力的運動。每一次跑完一個小時，我都是一副面無人色、目光呆滯的樣子，但是心裡卻充滿了「今天的任務已經完成了哦」的滿足。原來，很多心理上的滿足，其實是依賴身體上的痛苦的：受虐的心理竟然是人類的常態。

這種經由劇烈的運動以及運動導致的身體的痛苦帶來的心理上的愉悅，村上春樹的書中多少有一些涉獵，但是沒有展開和深入。我一直覺得這是一個有趣的話題：作為一種審美的痛苦，人類內心深處對痛苦的依賴感，痛苦對人的情緒的激發意義，等等。每次我看馬拉松比賽，看到那些選手在最後的衝刺時，那種撕心裂肺、齜牙咧嘴的表情，我都覺得那是一種享受的另類的表達。跑步的過程，就是這樣成為一個尋求更高的精神享受的過程，儘管很多跑步者並沒有從這個角度思考過。

最後我要說的是：跑步，也是一種關於人跟周圍的自然和環境，進行關係調整的過程。跟其他許多體育運動不同，跑步是可以單獨進行的，這一點村上春樹有重點提到。因為孤獨這樣的特質，跑步的意義，也在於真正的回歸到自然中，使得人，或者說那個跑步者，可以重新建立自己與自然的關係。

想想看：在跑步的過程中，我們其實要克服很多客觀條件的限制：撲面的風雨，路面的坎坷，炎熱（村上春樹對於波士頓的夏日氣溫有刻骨的印象），視線的範圍，光線對視力的干擾，等等。這些自然的障礙，去一一克服的過程，其實也是作為個體的個人，與自然建立某種關係的過程。征服的慾望往往是感情的表達方式，當我們把自己浸泡在自然中的時候，感動就會潛滋暗長。古人追求「天人合一」，跑步多少就有一點這樣的意味。想像村上春樹在查爾斯河邊跑步的樣子，我因此會在腦海中冒出「御風而行」這樣的成語。

我現在還是高舉「每天跑步」的大旗，但是很難真的做到。可是，跑步這件事，在我的生活中會扮演這樣一種角色，就是說：當我感覺到生活的平面化的時候，跑步就成了我抵抗的武器。我會無論如何也要抽出時間去跑步，當作生活的一部分。跑步的意義，對我就是如此。而村上春樹呢？也差不多吧。

王丹

大陸民運人士。1989年因「六四事件」被捕入獄，1993年出獄。1995年發起參與「公民上書運動」再次被捕，1996年判處十一年徒刑。1998年以「保外就醫」名義赴美。美國哈佛大學歷史暨東亞語言學博士。近年於台灣清大、政大、東吳與成大任教。三次被提名諾貝爾和平獎，並獲美國民主基金會人權獎，民主教育基金會「傑出民主人士」獎等。著有《王丹獄中回憶錄》、《我與深夜一起清醒》、《我聽見雨聲》、《在夜雨中素描》等書。

不可不知的8件村上告白

蔡雨杉

1.料理與購衣原則

晚飯大多5點左右開始準備，邊聽普契尼的歌劇或 Billie Holiday 早期歌曲。蔬菜只要新鮮、切法正確，並不麻煩。少肉多魚，不拘泥於白飯與味噌湯。晚上小酌兩杯從不宿醉。穿著多是在美國較有閒暇時，買買便宜又休閒的 GAP 或 Banana Republic。最貴的頂多買 Ralph Lauren。不愧是集中火力創作的作家，不為外物所羈，簡約樸實。

2.村上春樹的第一次

村上本人在訪談集《為了做夢，每天早上我醒來》中提到，《挪威的森林》是他第一次開始替登場人物取名的作品。原因在於要克服三方會話的課題。比如渡邊和永澤、初美的對話。而短篇小說集《麵包店再襲擊》中，「渡邊徹」的實驗是很重要的跳板。此外，在《考える人》中提到透過《地下鐵》的採訪，將自己無法去盛載他人的故事，得以完成《神的孩子都在跳舞》這部「第一部全面第三人稱」的小說世界。我們可以看到這兩種訓練在《1Q84》得到發揮。

3.談日本文學的教養

關於日本文學教養甚少言及的村上在《考える人》（即《《1Q84》之後～特集─村上春樹Long Interview長訪談》，後方提到該書皆是。）專訪中，村上提及喜愛《平家物語》、《雨月物語》非教條式的古典作品。也愛讀夏目漱石的《三四郎》、《然後》、《門》三部曲以及《明暗》的對話。此外，由於母親是關西船場地區商家的長女，所以很能融入谷崎潤一郎《細雪》的世界（《聯合文學》將推出新譯）。戰後部分最愛「第三新人」安岡章太郎的融通無礙文體，小島信夫的不雕琢，吉行淳之介的冷滯。

4.對《挪威的森林》時代的追想

繼《挪威的森林》之後風格殊異的《1Q84》大賣，村上感到時代的變化，後現代也已告終。在《考える人》中，感慨現在的大人貪欲重、危機意識低落，犯下很多蠢事。如果《挪威的森林》中60年代那些參與學運懷著理想主義的青年來領導社會，世界不可能不轉好。

5.《挪威的森林》和《1Q84》的共時性

在《考える人》中，村上回顧60年代到1984年學運完全終止，以至於重環保的新紀元運動的現在。其實將催化罪惡發生的「Little People」從地下召喚出來的，很可能是我們自己。但在訪談集《為了做夢，每天早上我醒來》中，他說不穿過恐懼，沒有真正的成長，這也是《挪威的森林》要傳達的一個訊息。「真正害怕的不是恐怖本身。最可怕的是，背對著那恐怖，閉起眼睛」。渡邊經歷激越的寂寞，得到人生的和解。

6.自評《挪威的森林》

「寫完時，覺得寫實主義已經充分寫過了。再也不想寫這種東西了」。在《考える人》雜誌中談到，相對於《兔子，快跑》作者厄普代克是個「技巧純熟作家」，村上是期望自己是「開展型作家」。透過《挪威的森林》的寫作，確定了自己也有寫長篇寫實主義作品的能力後，便繼續開展自己的可能性了。因此，這原本不在自己路數上的作品大賣，他感到十分有壓力。

7.點評陳英雄《挪威的森林》

原本是以「渡邊徹」為第一人稱敘事寫成的作品，在看過陳英雄執導的電影後，猛然發覺這其實是以女性們為中心的故事。所有的男性角色的存在感都變得稀薄。村上覺得有趣的是，因為影像的呈現，渡邊和其他角色都必然會在物理上等值性地出現，因此很像把原作翻成第三人稱的感覺。現在反而覺得當初也可用第三人稱書寫。

8.關於改編成電影的作品

至今為止被改編為電影除了《挪威的森林》，還有《聽風的歌》（1981 年大森一樹）、《麵包店再襲擊》（1982 年山川直人；2010 年 Carlos Cuarón）、《遇見 100% 的女孩》（1983 年山川直人）、《泥土中她的小狗》（更名為《森の向こう側》，1988 年野村惠一）、《東尼瀧谷》（2004 年市川準）、《神的孩子都在跳舞》（2007 年 Robert Logevall）。針對改編村上公開談感想最多的應屬《挪威的森林》。

蔡雨杉

又名謝惠貞。東京大學文學博士。文藻外語大學日本語文系助理教授。現旅居哈瑪星，觀照日本文壇大小宇宙。練習寫詩，安放當下。撰有論文《日本統治期台灣文化人的新感覺派的受容——橫光利一與楊逵、巫永福、翁鬧、劉吶鷗》、〈互相註解、補完的異語世界——論東山彰良《流》中的文化翻譯〉，以及村上春樹等日本作家相關評論訪談多種。

我們都在生活中等待
訪畫家陳璐茜

陳栢青

故事是容器。那容器的容器是什麼？是書本？但如何認識一本書？如何記得一個作家？你不一定記得，但必然見過，是最初，也可能是最久，作為時報早期所出版村上春樹小說封面的繪者，陳璐茜的畫必然成為台灣讀者認識村上春樹的第一印象。偶然與各種可能的相遇成就村上春樹小說集中的故事，竟也真切在小說集的製作上顯現。

八〇年代中，台灣尚未大量引入，正留學日本的陳璐茜已經成為村上春樹的讀者。她專讀小說，少讀散文，為什麼喜歡村上春樹呢？「因為裡頭超現實的部分吧。」她描述村上早期作品中有一種特色，「那是一種現代人呼吸的表現方式，在那裡，我們可以看到自己的生活。」喜歡的是超現實，但陳璐茜談到是小說中的日常，她說，只要多接觸幾本村上春樹的小說，就會明白那裡頭的生活如何規律，知道裡頭角色總是游泳，喝啤酒、也許吃義大利麵過日子。「有人就喜歡這種規律的生活。在規律的生活中等待事情的發生。也有因為這樣喜歡村上春樹的作品。」再描述下去，我以為陳璐茜說的，已經接近某種啟動創作本質的靈光：「事情何嘗不是如此，無論是一般人，還是創作者，我們都在生活中等待故事的發生。」

所以陳璐茜特別喜歡哪一本村上春樹的小說？她毫不猶豫丟出《世界末日與冷酷異境》。「那裡頭有很多複雜的想像，以及奇異的創意。但我注意到的是，無論多麼複雜或令人懼怖，在這中間，有很多讓人安心的情節讓你去做連結。」也許這就是陳璐茜所謂「喜歡超現實」的原因，有非日常，但又能歸於日常：「那種感覺，就像日子過得再平常，你還是會做夢，而能連結夢境，又能讓自己覺得安心的方法，終究是回到日常生活中。」連結，越境。穿梭兩個世界。畫家的眼似乎看出小說中某種可以作為村上春樹標記的特殊結構。「說到底，生活就是這樣，有很多奇特的相遇。」那樣的相遇終究也在小說之外發生。「後來，我回國。接到時報的電話，請我幫村上先生的書畫封面。」

封面的繪製可以用兩階段來說明。「在日本時讀的是文庫本，小小本的，加上時間一久，對於原本日版的封面與插畫倒沒什麼印象了。」於是這是一個全新的工程，最初幾本是陳璐茜特別為村上春樹畫的。包括《尋羊冒險記》、《世界末日與冷酷異境》、《國境之南．太陽之西》、《聽風的歌》等。在具象和抽象之間，變形的柔軟中又可以發現某種針尖般的銳利，成為台灣讀者初識村上的第一印象。那後來呢？後來，書本的組成更接近某種相遇。「那之後，我沒再特別為某本書作畫，而是選出自己已經完成的作品，從中找出適合的搭」，陳璐茜舉了幾個例子，例如《舞．舞．舞》，陳璐茜選了自己的作品「DANCE」作搭配。《發條鳥年代記》，她則從自己一系列「鳥的告白」中挑出兩幅成為封面。《迴轉木馬的終端》封面則是「星星人」系列中一幅，星星人背後隱約可見孤獨的旋轉木馬坐落路燈下。或者從創作概念，或是由命名的意義中尋求觸發的契機，那使得書本內文與封面的靠攏像是一種相遇。或者，是連結。這倒讓我想起陳璐茜描述的村上春樹，兩個世界。穿梭。掀開又疊合。

那麼，再後來呢？陳璐茜談起她村上閱讀經驗的一個小結。「那是在《地下鐵事件》之後吧。」她說，《地下鐵事件》的本質和之前作品都不同，是記錄，是沉痛的經驗，太靠近現實。她讀著讀著，覺得這不是她之前認識的村上春樹了。也就沒有再特別進去了。

相遇與離別。我們不知道這些事情怎麼發生的，可是很奇怪，無論是因為作品而繪，或者搭配，當他們成為一體，才構成讀者印象中獨一無二的村上春樹。陳璐茜倒是分享了一個我不知道如何歸檔的經驗。當我問：「村上春樹的作品有可能視覺化嗎？」她回答，這是當然的囉。然後忽然問：「你還記得村上春樹寫過，背上有斑紋的羊嗎？」我心裡便想起《尋羊冒險記》中的片段：「我曾經拿照片給幾個綿羊專家看過，他們提出的結論是……現在你正在看的是一頭不存在的羊……」而陳璐茜說，很久以前某一天，當她在某個異鄉國度晃蕩，隔著一片草皮，忽然看到一頭羊，那羊背上有一點斑紋，像是從小說裡走出來的那般，就這樣靜緩地，閒閒踱步穿過她的視線，「那一刻，不知道為什麼，我忽然覺得好激動。」

繪《尋羊》而偶遇羊，小說與真實，我們都在生活中等待，而故事自己就來了。這就是關於陳璐茜與村上春樹可能的種種。那之後也許還會有。

陳栢青

1983年台中生。台灣大學台灣文學研究所畢業。曾獲全球華人青年文學獎、中國時報文學獎、聯合報文學獎、林榮三文學獎、台灣文學獎、梁實秋文學獎等。作品曾入選《青年散文作家作品集：中英對照台灣文學選集》、《兩岸新銳作家精品集》，並多次入選《九歌年度散文選》。獲《聯合文學》雜誌譽為「台灣四十歲以下最值得期待的小說家。」另曾以筆名葉覆鹿出版小說《小城市》，以此獲九歌兩百萬文學獎榮譽獎、第三屆全球華語科幻星雲獎銀獎。另出版有散文集《Mr.Adult 大人先生》。

是非題

檢定 初級

村上入門檢定題

村上初級檢定皆為是非題，每題1分。共25題，合計25分。

1 □ 村上春樹是筆名，本名是渡邊昇。

2 □ 「小確幸」一詞是村上春樹的發明。

3 □ 就養寵物而言，村上春樹是貓控，而非狗迷。

4 □ 村上曾以炸牡蠣的美味吃法，來詮釋和喵星人的相處之道。

5 □ 村上春樹喜歡閱讀漫畫，經營過漫畫咖啡店。

6 □ 村上小說中耳朵美麗經常是有魅力女性的特徵之一。

7 □ 村上春樹為了和陽子結婚，向其父表明自己生活規律、慢跑健身，就得到許可了。

8 □ 《挪威的森林》中，渡邊以「像喜歡春天的熊一樣」，來比喻他對小林綠的愛。

9 □ 〈四月某個晴朗的早晨遇見100%的女孩〉中，男主角唯一記得的女孩特徵是，「她不怎麼漂亮。」

10 □ 「真傷腦筋！」是村上春樹的口頭禪。

11 □ 比起三明治和義大利麵，小說中人物更喜歡吃飯糰和烏龍麵。

12 □〈麵包店再襲擊〉中主角行搶的對象是肯德基。

13 □村上是小說家，也是翻譯家。

14 □自述興趣是閱讀和音樂，對於蒐集黑膠唱片最沒抵抗力。

15 □村上春樹嗜飲伏特加，曾造訪斯米爾諾夫（Смирновско）釀酒廠。

16 □《約束的場所》是採訪阪神大地震受災者的紀實文。

17 □《1Q84》是描述一個智商僅有84的角色的戀愛故事。

18 □《日出國的工場》和《象工場的HAPPY END》都是採訪各式工場的紀錄。

19 □村上春樹不定期會線上開放讀者Q&A，並親自回覆。

20 □村上春樹支持的日本棒球隊是養樂多隊。

21 □19歲時到明治神宮棒球場看球賽，當美國籍球員希爾頓（Dave Hilton）擊出二壘安打時，村上突然決定開始提筆寫小說。

22 □《給我搖擺，其餘免談》是談立場的隨筆。

23 □在《關於跑步，我說的其實是……》中，希望自己墓碑能刻上「作家也是跑者，至少到最後都沒有用走的。」

24 □《夜之蜘蛛猴》中的蜘蛛猴是一隻喜歡模仿人說話的猴子。

25 □村上春樹喜歡吃Mister Donut的甜甜圈，也寫過暗喻空虛心理的短篇〈甜甜圈化〉。

初級檢定解答

1	2	3	4	5
×	○	○	×	×

6	7	8	9	10
○	×	○	○	○

11	12	13	14	15
×	×	○	○	×

16	17	18	19	20
×	×	×	○	○

21	22	23	24	25
×	×	○	○	○

初級檢定不負責評語

0-10 分　呃，你該不會連村上春樹是誰都不知道吧？

10-15 分　看得出來你和村上大叔還是很不熟呢！

15-25 分　初級對你來說實在太簡單了吧！接下來試試看中級檢定吧！

Level
3

村上進階檢定

通往村上春樹的祕語森林

中級

《挪威的森林》的光影敘詩

蔡雨杉

一段悲戀，在成年的追憶中，經由回憶細品反覆發酵，敷彩剪輯了過去，當時的情緒是否已然遠去？抑或奪胎再現？曾幾何時，我們竟然硬生生地接下這枚快速直球，活過好些年來到今天。《青木瓜的滋味》的陳英雄導演正是其中的一人。

陳英雄在1994年讀了法語版《挪威的森林》後，進入那片村上春樹親密傾訴的迷林中，發現己身也擁有主角渡邊徹的特質，而開始專注於構思如何以影像呈現這份共鳴的感動。2001年拍攝《夏天的滋味》訪日時，向製作人小川真司透露改編的意向，03年小川再次確認其決心不變後，陳英雄終於得以在2004年會見村上春樹。村上春樹爽快地表示只要劇本OK，一切好談。06年秋天草稿完成後，村上本人細心加註，將台詞口語化。其中擔任渡邊徹一角的松山健一則表示想保留原著口白，幾經磋商後，村上便完全抽手。08年7月公布電影即將開拍，09年開拍並奇蹟似的得到披頭四〈挪威的森林〉原音的使用權。越裔法國導演陳英雄挑戰世界暢銷小說，為此一口氣下了許多賭注。

在威尼斯影展後，耶誕季節上演前，在*Harper's BAZAAR*、*Cinema★Cinema*、*CINEMA SQUARE*等雜誌策劃的對談中，陳英雄大讚松山健一感性細膩、詮釋渾然天成，直呼下對注。對此松山回禮表示，陳導抽象的指示如「像貴族般跌跤」，反而帶給他靈感，使他成功在自然的演技中還能融入意義。並鬆口回想當初對於導演要求聽他提供的樂曲時曾感到懷疑。然而，在普魯斯特的同性情人雷納爾多．哈恩以及門戶合唱團（The Doors）的旋律催化下，演員們因此順利到位，且當男主角渡邊心中產生斷裂時，音樂也戛然而止的操作絕美莫名。

話鋒一轉，兩人提到印象深刻的逸事。信賴演員的陳導，為了在一場女主角直子與渡邊漫步草原的場景中，描繪直子的性格與渡邊的無力，鋪設120公尺的攝影軌道，只用3個鏡頭拍攝360公尺長的對話。坐落於兵庫縣神河町的峰山高原Relaxia森林裡，演員在快步的喘息中表達難以放手一愛的情感張力，靜謐中有激情。這個瘋狂的行徑，經過攝影師李屏賓的認同，得以完成。不過陳英雄表示他每每有撫慰滿身傷痍的直子的衝動，但礙於導演身分不得破壞這份哀傷氛圍。卻不會想安慰渡邊。原著中渡邊與人保持距離的異常溫柔過於完美，陳英雄刻意讓松山講粗口增添人性。他認為村上春樹表現了人性十分隱微的情動。渡邊對於無法救助直子而懷抱著罪惡感，因而無法向綠表達愛意。而透過與玲子的交合，解救了玲子，同時也將己身由自責中解放。

對於周旋在諸女性之間此一設定，松山健一則有獨自的見解。在時尚雜誌*ELLE JAPAN*、*Harper's BAZAAR*和電影雜誌*CINEMA SQUAR*中，他強調劇中渡邊從來不是核心角色，而是個旁觀的第三者。不僅配合直子的聲調說話，而且十分意識著綠所喜歡的說話方式。再者，他無法介入直子和Kizuki之間，甚至於直子和玲子之間，在在定位他第三者的角色。陳英雄並直陳其實合直子與綠為一體的女性最為理想。再者其中展現的5個人的戀愛觀中，浪蕩子永澤的女友初美，其死心塌地的價值觀看似切合實際，卻離我們最遠。

以《火線交錯》獲得奧斯卡最佳女配角提名的菊地凛子，18歲時初讀村上作品，便是由《挪威的森林》入門。深受危險而美麗的直子所吸引。自薦飾演直子，雀屏中選後興奮難耐。表示願以最大的誠意詮釋以各種面貌活在讀者心中的直子形象——那種擅自關閉自身的浮游感，並認為因為無法完成，愛因而美麗。

劇組中最年輕的水原希子飾演天真爛漫、生氣盎然的小林綠。雖然導演全然破壞了她過往的表現模式，諸如走路與說話的習性，但還是十分感謝導演因此替她開發了模特兒之外的演出方式。而陳英雄最讚許的是希子勇敢挑戰綠的輕盈開朗卻又深刻堅強的形象。此外，他也提示飾演玲子的霧島Reika纖細有才華，在床戲前後展露了大膽的變化。而電影中最後的一個特寫鏡頭則獻給完美的戀人、飾演初美的初音映莉子的美妙才能。

而《蛇信與舌環》的高良健吾則飾演一直活在劇中角色心中的Kizuki，因為這次需要透過翻譯溝通，所以索性遵照導演抽象的指示，不作多想，單純地演繹「爛掉的桃子」（*CINEMA SQUARE*）。另一位男性角色孤高而陰鬱的永澤（玉山鐵二飾），則呈顯了導演所要求的冷峻優雅，復加上自身的詮釋。雖然相對於渡邊的徬徨，許多讀者喜歡永澤絕不動搖的人生觀，但玉山習慣在腳本中看出角色的潛在欲念，予以血肉（*Libertines*）。

111天的拍片期間，陳英雄超越語言，直覺判斷演技優劣，隨機微調，並透露最後還想見到直子所以讓直子再次登場。並用渡邊爬上樹梢的鏡頭，傳達與人生和解的意旨（*Harper's BAZAAR*、《日經 *entertainment*》）。筆者認為這與村上春樹新著《1Q84》Book 3有所共鳴。村上春樹將沉澱20年的60年代回憶寫就《挪威的森林》，陳英雄則在80年代小說出版之後，又隔20年的今天，為這段兩度被開封的記憶，捨去成人後的渡邊追憶，拋開懷舊情緒，刻劃出現下年輕心靈的悸動。

蔡雨杉

又名謝惠貞。東京大學文學博士。文藻外語大學日本語文系助理教授。現旅居哈瑪星，觀照日本文壇大小宇宙。練習寫詩，安放當下。撰有論文〈日本統治期台灣文化人的新感覺派的受容——橫光利一與楊逵、巫永福、翁鬧、劉吶鷗〉、〈互相註解、補完的異語世界——論東山彰良《流》中的文化翻譯〉，以及村上春樹等日本作家相關評論訪談多種。

《挪威的森林》的祕密：從電影回顧小說原著

賴明珠

2010年村上春樹的暢銷名著《挪威的森林》拍成電影，電影和原作小說有多大的異同？上映前讀者無不拭目以待，看完電影後又難免產生各種新感觸，舊迷思添新疑惑，歸根究柢原作《挪威的森林》到底是一部什麼樣的小說？

1979年以《聽風的歌》獲得群像新人獎邁進文壇，從初期的不談「性與死」，到徹底探究「愛與死」，1987年推出《挪威的森林》，從超現實到純寫實，作風一百八十度大轉變。創下日本文壇最暢銷紀錄。也成為他的作品開始被*New Yorker*刊登，以及往後長篇小說陸續被介紹到西方世界的敲門磚。2009年村上春樹再以《1Q84》震驚文壇。他的小說已經被世界翻譯成46種語言（目前已超過五十種語言）。

《挪威的森林》書中主角「我」和當時的村上春樹同齡，回憶自己的大學時代。因此從很多跡象顯示，《挪威的森林》相當程度是村上春樹的青春回憶錄。

《挪威的森林》第一句「我三十七歲，當時正坐在波音七四七的機艙座位上。」一開始就點出年齡。飛機上的音樂正播出披頭四的〈挪威的森林〉，讓他想起十八年前的自己，當時十九歲剛剛上大學。

這樣的描寫非常像電影，小說採取了像電影般回憶往事的倒敘手法。

他在寫《挪威的森林》時，非常投入，滿腦子都是小說場景的影像。他不寫時，人物彷彿影片的暫停動作（stop motion）般，等他繼續寫下去，人物才又動了起來。所以儘管過去有很多人向他提出改編成電影的提議，他都沒有答應。因為那些影像在他自己的腦子裡都太真實了，他說沒有必要拍成電影。

因此，他會答應越南導演陳英雄將《挪威的森林》拍成電影的提議，令很多人跌破眼鏡。不過，最近他看了電影試片時，倒有一種新的感覺。

拍成電影後，他發現這本小說原來是以女人為中心的故事。在寫小說時他是以第一人稱的男人視線在看事情的，他以為基本上是一個名叫渡邊徹的青年的遍歷故事。可能很多讀者也這樣想。

不過拍成電影後看來，故事的核心其實竟是女人。是綠和直子和玲子，還有喜歡永澤的初美。這四個女人的故事。比起這四個女人的存在，包括男主角在內的男人的存在，就顯得稀薄了。渡邊徹和其他出場人物成為等價的存在，因此結果電影把小說的第一人稱翻譯成第三人稱了。

村上說書中同寢室的室友「突擊隊」確實是以一個同學當模特兒。

很多人都認為「綠」的個性很像村上的夫人陽子。

無論校園場景、散步路徑、打工場所和約會地點，都可以找到印證的地方。這些場景被「借用」為小說的故事背景，自然容易聯想書中「角色」可能一一真有其人。不過作者是學戲劇的，更多部分是為了加強戲劇效果而加進去的吧。

他的小說確實也反映出他所成長的時代背景。從60年代到70年代，是一個激動劇變的年代，越戰爆發，嬉皮風潮正盛，披頭四的音樂流行全球，書中主角感性青澀少年高中剛畢業才來到東京上大學，就碰巧遇上學生運動的政治季節，從上課、蹺課、約會到打工，一邊躲進音樂世界，一邊面對現實生活的種種。自己在變，女朋友在變，周遭環境也在變，如何順應下去？成長的挫折與苦澀，痛苦與掙扎，赤裸裸地描寫出來。

村上說通常他在描寫一個人時不用模特兒，因為如果把某人的全部照寫會變得很無趣，讀者會感到無聊。他只把某個人的一部分拿來用。出現在他書中的人，無論男的女的，某種意義上其實多半是他自己。既是他自己又不是他自己。他說所謂寫實小說，並不需要寫真的事實。只要讓人讀起來感覺自然就行了。

1949年出生的村上，歷經戰後經濟高速成長期，美國文化氾濫普及的年代。獨生子內向的他，喜歡一個人讀小說、一個人聽音樂。作品以第一人稱「我」敘述生活的點滴，一個人喝啤酒、一個人煮義大利麵，總是透露著孤獨和疏離的氣氛。

成長在神戶這個國際港都，從初中就開始大量閱讀十九世紀俄國大文豪杜思妥也夫斯基、托爾斯泰的長篇小說，世界文學名著。高中開始在舊書店買船員留下的便宜二手英文小說，陸續接觸美國當代文學。從收音機聽西洋熱門音樂，零用錢都花在買爵士樂和古典音樂唱片。有空就去看名導演的世界電影。勤快地吸收了大量的西方文化營養，這些後來都豐富了他的小說世界。

早期村上春樹的小說主角沒有名字。除了第一人稱的「我」和直子之外，其他主角都沒有名字。《聽風的歌》中的老鼠，《1973年的彈珠玩具》中的雙胞胎女孩208、209，《尋羊冒險記》中的羊博士、羊男、耳朵漂亮的女孩，《世界末日與冷酷異境》中的穿粉紅色套裝的胖女孩、影子、門房、沒有心的女孩……都是以人物的特徵或綽號或號碼描寫，以符號代替名字，充滿象徵性和抽象性，這樣的書寫居然能繼續九年之久，直到《挪威的森林》。

九年不用名字，從來沒見過這樣的作家。可見村上春樹是一個多麼獨特創新又固執的作家，多麼堅守自己的原則。

為什麼不給書中角色取名字？他說給角色取名字覺得滿害羞的。初期的小說不是獨白就是一對一的對話，（208、209 雙胞胎例外，因為她們兩人在人格上等於一人）這樣的情況並不覺得不方便。

然而他漸漸感覺需要突破了。因為要三個人同時對話時，沒有名字很不方便。《挪威的森林》他開始給主角取名字。這本小說，他刻意著力在描寫三角關係的感情上。

雖然村上認為渡邊和直子與綠的關係，並不是三角關係，而是兩條平行線。渡邊和直子是一條線，渡邊和綠是另一條線，兩線並沒有交叉。但渡邊和 Kizuki 和直子則是三角關係。另外渡邊和直子和玲子是一個三角，渡邊和永澤和初美是另一個三角，這三個三角關係的角色都有同時對話的場面。這樣的對話如果沒有名字就很難描寫了。因此不為他們取名字也不行。這樣複雜的多重三角關係，編織成《挪威的森林》生動感人的戀愛交響曲。

1989 年他從義大利暫時回日本，接受《文藝春秋》雜誌的採訪時表示，基本上他自己認為《挪威的森林》是寫得非常好的小說。

他想以後自己可能寫得更好，但他卻不想再寫《挪威的森林》般的寫實小說了。這是一輩子只能有一次的作品。果然下一部《舞・舞・舞》他就又回到他所熟悉的帶有超現實感覺的寫法了。《挪威的森林》對他來說，是一個例外。當時他需要以那樣的文體寫，證明自己也能以寫實手法書寫。在得到證明之後，就不再想這樣寫了。

《挪威的森林》是村上春樹暫時告別日本，在歐洲住下來時寫的，部分在羅馬，部分在希臘寫成。詳細情形記錄在《遠方的鼓聲》隨筆書中。由於空間的抽離，他可以拋開一切雜念，不再被電話打擾，完全專心投入寫作。嘗試以純寫實手法寫出戀愛小說。對自己做一次全新的挑戰。

藉這部作品村上可以說告別了自己的青春時代，在他的寫作生涯更可以說是明顯脫掉一層皮般的大蛻變。

《挪威的森林》原稿是寫在大學筆記用紙上的。(從下一部作品《舞・舞・舞》才改用文字處理機打字。可以列印出來，和儲存到磁碟。)

但寫在大學筆記紙上，如果稿子遺失就糟了，所以他當時非常緊張，怕發生火災，怕遭小偷。因此寫好的，盡量早一點影印起來。但在羅馬，影印店卻不可靠，居然把稿子遺失一頁。第四十五頁不見了！原稿和影印都沒有。回去問影印店的女孩子怎麼了？對方輕鬆地說大概掉到哪裡去了吧，竟然毫不在乎。可能夾到機器後面了，要她找，也嫌麻煩的樣子。不過總算把機器分解開來從底部救回了第四十五頁。

部分喜歡超現實風格的讀者，一時無法接受完全寫實的體裁。部分一直喜歡《聽風的歌》以來的女主角「直子」的讀者，無法接受主角的移情別戀「綠」部分讀者對書的過分暢銷，感覺不願隨波逐流落入俗套。因此原來熱愛村上春樹的部分讀者，感到迷惑、徬徨，彷彿被背叛了般，說不出的孤寂無奈。

另一方面，村上春樹則忽然獲得了大量的新讀者。

大部分的讀者認識村上春樹可以說是從《挪威的森林》開始的。

他們並不知道村上春樹早期作品的文體如何特殊，但因為喜歡《挪威的森林》才回頭去找他其他早期的作品來讀，對作者有了加深的理解。

如果只讀過一本《挪威的森林》的讀者，老實說並不了解什麼是村上春樹超現實的文體風格。

事實上他在最近的長訪談中（編按：即日本雜誌《考える人》），被問到新作《1Q84》的故事驅動力，為什麼不是男性而是女性？他說過去小說中出現的女人，往往是消失而去，或具有女巫般引導作用的。《1Q84》中也一樣，深繪里和安達久美具有很強的「引導」性質，年長的女朋友則消失而去，和過去相同。不過這次《1Q84》不同的是青豆的出現，擁有明確意志，獨立自主、堅強主動。可能因為以第三人稱寫才辦到的。這種女性形象，村上自己寫來也感覺新鮮而愉快。希望女性讀者對青豆這個角色能產生共鳴。

比起十年、二十年前、三十年前，今天女性所處的狀況已經大不相同了。從《聽風的歌》、《海邊的卡夫卡》、《挪威的森林》到《1Q84》也可以看出時代的轉變和作者與讀者的轉變。

賴明珠

1947年生於台灣苗栗，中興大學農經系畢業，日本千葉大學深造。回國從事廣告企畫撰文，喜歡文學、藝術、電影欣賞及旅行，並選擇性翻譯日文作品，包括村上春樹的多本著作。

翻譯的村上春樹文學

張明敏

二〇〇九年的超級暢銷書

今年日本的夏日氣溫不高，甚至都說是個「冷夏。」然而在日本書市，村上春樹最新長篇小說《1Q84》（Book 1、Book 2 共兩部，五月底上市）的買氣卻是熱鬧滾滾。

暑假我人在東京，親自見識到這個盛況。六月底抵日後，我旋即前往東京大學的書店購買《1Q84》，不出所料——缺貨中。還好繞到另一家書店就順利買到，是第十刷的版本。這時《1Q84》才問世一個月，根據出版《1Q84》的新潮社的資料顯示，兩部合計已印行一百二十七萬冊。到了七月初，兩部合計即已突破兩百萬冊。一個多月就印行兩百萬冊！難怪《1Q84》被出版業界稱為"mega-hit"超級暢銷書。而根據九月十七號的日本《每日新聞》專訪村上春樹，他表示目前正在撰寫Book 3，未來出版時肯定又將再掀另一波風潮。

在這新的一波村上春樹熱潮中，台灣的讀者也在期盼中文譯作的推出。目前時報文化出版公司決定在九月二十八日開始接受預購，十一月九日正式上市。對我而言，「翻譯」是研究台灣村上春樹現象的關鍵詞。除了村上春樹本人也身兼譯者，對其創作產生極大的影響，此外，若非透過翻譯，不懂日文的讀者無法閱讀村上春樹。在台灣，大部分村上春樹作品的讀者都是不懂日文或日文程度有限的。

翻譯文學與文學翻譯之異同

一九九五年，我在美國接觸到村上春樹的作品時，當時我的日文程度非常有限，但我並不是由英譯本著手，反而在朋友的介紹下開始閱讀賴明珠翻譯的《國境之南．太陽之西》，後來陸續又讀了《世界末日與冷酷異境》、《聽風的歌》等小說，也都是出自賴明珠的譯筆。從那時開始，有個疑問在我心中盤旋不去：在台灣，相信大部分的讀者都是閱讀由賴明珠或其他翻譯者的譯本，那麼當讀者表示自己在閱讀村上春樹時，到底應說是在閱讀村上春樹，還是在閱讀村上春樹的譯者賴明珠（或其他譯者）呢？這個疑問一直跟隨著我，也是導致我使用「翻譯」為切入點探討村上春樹文學的原因。

當然，「翻譯」不僅是語際的翻譯，還包括文化上的翻譯等議題。然而在本文中，我將討論的是「翻譯文學」問題。

什麼是「翻譯文學」呢？它與「文學翻譯」有何不同呢？簡而言之，翻譯文學是指「翻譯的文學」，就是翻譯行為的結果呈現，具體來說就是譯作譯本；而文學翻譯是指「文學的翻譯」，則是翻譯行為的實際操作過程。也就是說，當村上春樹的日文原著被翻譯為中文時，中文譯作就可稱為村上春樹翻譯文學。

大陸學者楊曉榮指出，許多譯作的讀者混淆了原著和譯作的區別，「下意識中」把譯者的文字當成了原作者的文字，這可能是讀者「有意為之」的混淆。而我認為，這並非所有譯作讀者的心態，其實也有很多讀者是「無可奈何」地接受了翻譯文學，並在閱讀過程中質疑自己到底在閱讀原著作者還是譯者的文字。基本上我認為，大部分譯作讀者是處於類似精神分裂的狀態中，也就是說，雖然明知自己在讀譯作，卻要幻想自己在讀原著文本；或者總是擔心翻譯者是不是把原著譯錯了、譯壞了，而在閱讀時疑神疑鬼。然而大部分的譯本讀者並不自覺這一點，從來不知道自己有這樣的症狀，或者說故意忽視這症狀。

或者例如許多台灣的評論者或作家，如楊照、盧郁佳、駱以軍等人，都曾經針對村上春樹發表自己的看法，他們應該都是根據中文譯作進行評論，但他們似乎自然而然地跳過了「翻譯」，忘記了這個重要的過程，以及忽略自己其實是閱讀翻譯產品的事實。或者，根本問題就在於「翻譯文學」這個地位尷尬的文類，一般人都不知該如何歸屬，因此只好刻意閃躲迴避了。

這個問題就出在於，大多數的譯作讀者沒有意識到翻譯文學其實是獨立於原著之外的作品。而在譯入國被讀者接受，進而對譯入國的文學與文化發生影響的文本，可說幾乎都是翻譯文學（譯作）而非外國文學（原著）。如果讀者能正視翻譯行為、譯作、翻譯者的問題，是讀者的一個重要覺醒，類似精神分裂的閱讀狀態也能獲得治療。而具體的治療藥方，就是進一步認識大陸學者謝天振、王向遠所說：翻譯文學是本國文學的一個特殊組成部分，因為它已脫離了外國文學的範疇而被本土的讀者接受、吸收了。

舉例來說，二〇〇七年七月的國中基測國文科試題中，有一題閱讀測驗選擇題以村上春樹短篇小說〈四月某個晴朗的早晨遇見100%的女孩〉為題，先由〈四月某個晴朗的早晨遇見100%的女孩〉中節錄五小段重點內容，接下來的試題為：根據這則故事結局，最足以描述作者心中感覺的是「錯過的惆悵」、「邂逅的喜悅」、「期待的焦灼」還是「失約的懊惱」？雖然翻譯文學在國文科測驗中出現並非空前絕後的事，例如印地安少年小說《少年小樹之歌》、中東詩人紀伯侖的《先知》、英國田園詩人華茲華斯的詩、美國詩人愛蜜莉·迪瑾蓀的〈我從未見過荒野〉都曾在基測中以文意、文句重組等題型出現。此外，國文課本中也曾收錄翻譯文章，例如在一九七五年的國中國文課本第四、五冊中，分別收入了羅曼·羅蘭的〈樂聖貝多芬〉、愛因斯坦的〈我心目中的世界〉等等。值得注意的是，翻譯文學放在「國文科」的教科書或試題中，是非常具有象徵意義的文學史上的事件，就結果而論，可以這樣解釋：翻譯文學已經屬於民族文學或國家文學的一部分了。

如前所述，謝天振認為翻譯文學就是本國文學的一個組成部分；王向遠進一步說明，其中一個重要原因，就是承認翻譯文學完全可以被民族本土文學消化了。中研院學者李奭學亦認為：「譯作固然有個舶來的過程，但時勢與巧藝每能化異為己，使之變成國家文學的一部分；這並非故作驚人的意見，其實胡適的《白話文學史》早已提示在前，阿英《晚清小說史》也有專章論述此時翻譯上的成就。」翻譯文學的重要性與地位是不言而喻的，它必須和外國文學劃清界線才行。

村上春樹現象學

因為《遇見100%的女孩》書名影響，「100%的……」這一用語在台灣廣為人用，成為與村上春樹有關的特定用語；而由於《挪威的森林》一書的暢銷，台灣有了全世界獨一無二的「挪威森林咖啡館。」這些都是原著國家日本並未出現的情形。而《1Q84》可以預見也將在台灣締造新一波村上春樹現象。本文前兩段中提及的《1Q84》日文原著、相關報導、解讀書籍，都是「日本的」，都是「日本文學」的領域。而當它們陸續被引介到台灣時，將被「翻譯．改寫」成何種樣貌，是值得觀察的。

這裡援用的「翻譯．改寫」概念來自翻譯理論學者勒菲弗爾（AndreLefevere）之說，他認為翻譯當然是原著的改寫／重寫（rewriting），而所有的改寫／重寫，不論它們的意圖為何，都反映出某種意識形態與詩學（文學觀、翻譯觀）及其他諸如此類的東西，以特定的方式操縱文學在特定的社會發揮其功能。因此，當我們在台灣討論村上春樹時，對我來說應該特別針對「翻譯文學」進行討論，這是和日本完全不同的取向。因為正是透過翻譯，創造了華語的村上春樹文學，進而在某方面改寫／重寫台灣文學以及台灣文化現象。

「改寫／重寫」或許看似是革命性的行為，然而勒菲弗爾並不是指世界上有一群改寫／重寫者躲在暗處出賣、背叛每一篇原文；相反地，大部分的改寫／重寫者都是非常誠懇的，都以為自己採取的方式是唯一的途徑，甚至不知道自己背叛了原文。此外，改寫／重寫者身處於某一文化範圍內，自然會有意願想要影響文化的演變進程。而經過改寫／重寫者的意識形態和文學觀交相影響之下，就對原文進行了某種程度的操縱。

當我們確認翻譯文學的地位之後，「誰在翻譯．改寫」就是相當重要的問題，因為翻譯．改寫者是直接影響翻譯文學讀者的人，而不是原著作者。以台灣的村上春樹翻譯文學而言，讀者之中許多是文學創作者，而當他們表示「受到村上春樹影響」時，其實應該是受到村上春樹的翻譯者的直接影響。而有些被歸類為具有「村上春樹味道」的創作者，應該說是帶有村上春樹翻譯文學的味道。翻譯、改寫／重寫過後的村上春樹，也就是受到村上春樹原著的間接影響，而非直接影響。就台灣文學界來說，這個經由翻譯、改寫／重寫而來的影響仍然具有深遠的影響力。然而，大部分的評論者在提及「村上春樹的影響」時，卻幾乎都跳過了翻譯、改寫／重寫的過程。事實上，若將翻譯、改寫／重寫問題考慮進來，除了應該先將台灣的村上春樹譯作劃分為翻譯文學的範疇，還應該要意識到所謂「受到村上春樹的影響」，其實「受到賴明珠（或其他譯者）的村上春樹的影響」才更為恰當。

例如有許多文學創作者被冠上所謂「村上流作者」、「村上派」、「有村上春樹感覺」，被點名的包括陳輝龍、李茶、羅位育、林群盛、蔡康永、邱妙津、成英姝、張大春、甘耀明、張惠菁、黃柏源、王文華等等。例如楊照在《文學的原像》指出邱妙津「跟村上春樹借來拼貼各種異象描述的冷靜加冷感」，或是王德威指出成英姝「部分人物情節，每讓我想起村上春樹及吉本芭娜娜」，又如李奭學評甘耀明的〈迷路公車〉「有點村上春樹的味道」等。其實，如果這些作家閱讀的是村上春樹的翻譯文學而非日文原著，那麼應該更精確地說他們是具有「賴明珠（或其他譯者）翻譯・改寫的村上春樹的感覺」比較合適。

當然，翻譯・改寫者並非只有翻譯者而已，其他還包括贊助人（出版機構）、專業讀者（學者、評論者等），對勒菲弗爾來說，這些改寫／重寫者可以有意或無意操縱一國文學的發展，端視他們的意識形態與文學觀為何，例如台灣出版村上春樹叢書的時報文化出版公司是一家股票上櫃公司，他們的意識形態自然偏向於盈利為主。就台灣的主要村上春樹翻譯者賴明珠而言，她的翻譯觀點最主要是「忠於原著」：「我覺得譯者的任務是，要把作者的訊息傳達出來，用適當的語言，用他所熟悉的語言，但是並不是在表現譯者的文字工夫，所以我不會在翻譯的時候故意賣弄，但是就是看原作怎麼樣就怎麼樣，如果原作是在炫耀的時候，我當然就要把它那個感覺傳達出來，可是它要內斂的時候就跟著內斂，我覺得忠於原著，這是第一個最重要的事情。」

村上流還是賴明珠體

問題是，在翻譯過程中，所謂忠實是相對的，不忠實才是絕對的；當翻譯者愈想強調忠於原著，愈是證明忠於原著的不可能。勒菲弗爾認為：「硬要把『忠實』吹捧為唯一可能或者唯一正確的翻譯策略，是不切實際的、徒勞無功的。主張『忠實』的人，總喜歡強調這種翻譯不受任何價值觀左右，所以是最『客觀』的。其實，這種翻譯取向，說穿了只不過是保守的意識形態的體現罷了。」韋努蒂（Lawrence Venuti）也表示，翻譯其實無法擺脫其根本的歸化性質，也就是以本土語言改寫／重寫異域文本這個基本任務。換句話說，賴明珠曾表示希望翻譯出村上春樹英文式的翻譯文體，「他不用以前傳統文字，他既然要創造一個新的文體，我也必須要創造一個新的文體，這才能表示他的作品的特色，不然他的特色在哪裡？」賴明珠的出發點仍是忠於原文，然而一旦將村上春樹美語化的翻譯文體轉換為中文時，就改頭換面成了本土文字，儘管翻譯者心中希望能夠傳達在原文中體會到的語法、語意，正如韋努蒂所說，從外國到本土文化，使外國文本脫離賦予它意義的語言或文字傳統，這使它將在翻譯中一定會獲得不同的闡釋與評估。此外，由於讀者並非閱讀日文，在村上春樹翻譯文學中其實並不容易讀到由日文翻譯過來的美語或英文文體，而是賴明珠創造的一種新的疑似村上春樹式的翻譯文體。

既然是一種新的中文翻譯文體，我們何不乾脆明說這是賴明珠翻譯．改寫的成果，就接受那經過翻譯．改寫的全新樣貌呢？這並非否定賴明珠（或者其他譯者）的成績，反而是希望為翻譯文學爭取一定的地位。在台灣，不諳日文的讀者或評論者非得依賴翻譯文學不可，他們無法直接接收日本文學新知，因此閱讀的感想當然與身居日本的讀者不同。此外，若不是村上春樹翻譯文學如此齊全，台灣有多少不懂日文的人可以研究村上春樹呢？目前台灣的村上春樹相關博碩士論文已將近有二十部，其中有半數以上是以中文寫就的，相對於此，米蘭．昆德拉的《生命中不能承受之輕》雖然是一九八九年度最受歡迎的翻譯文學作品，目前全台只有六本研究昆德拉的碩士論文，而且其中有四本為英文寫作、一本為法文寫作，只有一本是以中文寫作（注）。村上春樹翻譯文學可以說是台灣最齊全的譯作系列，使得台灣讀者已經可以使用中文來討論村上春樹翻譯文學，發展出台灣獨特的村上春樹論，不但為翻譯文學充實豐富的內容，而且透過「翻譯」，透過村上春樹在整個文學系統中被譯介的過程，還可以回過頭來觀察、反思經過翻譯．改寫的這一部分的台灣社會文化狀況。

給下一輪村上迷的備忘錄

假如我們能將翻譯文學——即便如村上春樹等被視為流行文化的文學作品——納入國家文學系統之中，相信它將成為文學創作、研究者的助力，而非阻力。然而，在此我們也不要忘了呂正惠所謂「從歷史唯物論的觀點來看，任何『流行』都必然『反映』某種社會現實。不論瓊瑤小說、武俠小說、現代主義，還是後現代，都可以看出台灣的某種『徵象』。但是，這樣說，並不就等於『正面』肯定它的價值。歷史唯物論的文學批評，是要在『解釋』上加上『批判』，而不是『解釋』了它的流行原因就等於承認它的存在價值。」因為翻譯文學就和文化中的其他系統一樣，它的變化是動態的，如果不進步，也會再度走入文學系統的邊緣。事實上，台灣的讀者並不是完全被贊助人或改寫／重寫者操控的被操控者，讀者本身也具有改寫／重寫的辨識力與創造力。而且村上春樹的書迷、讀者與評論者，都不再像二十多年前的村上春樹讀者那麼單純了，不久的將來都將一起參與翻譯．改寫台灣版的《1Q84》。因此對我而言，觀察未來一波新的村上春樹現象的發展將是饒富興味的事。

注：

本文撰於2009年，當時查詢之論文數目至今已有變更。根據2018年3月查詢國家圖書館「台灣博碩士論文知識加值系統」，利用「論文名稱」及「關鍵字」以精準模式搜尋結果顯示，昆德拉之論文達18部，村上春樹之論文則為58部。

張明敏

美國哥倫比亞大學教育哲學碩士、高雄第一科技大學應用日語碩士、輔仁大學比較文學博士。曾任日本東京大學文學部外國人研究員。曾獲台北文學獎、香港青年文學獎翻譯文學獎、日本交流協會獎助。著有《村上春樹文學在臺灣的翻譯與文化》等。現為健行科技大學應用外語系助理教授。

從村上春樹的鄰人到我們的鄰人

徐子怡

村上春樹在談及自己作為譯者翻譯外國文學作品的心得時曾表示，如果這世上存在「作家翻譯文學」（原文為「作家の翻訳。」意謂以作家的身分同時作為翻譯家對外國文學作品進行翻譯。）這個類目的話，那其關鍵就在於譯者對其將要翻譯的文學作品的文本選擇上。如果一個作家的作品能讓你有一種無論如何也渴望親自翻譯它的衝動的話，那就算是選對對象了。而美國詩人、小說家瑞蒙．卡佛的作品對於村上春樹來說，恰恰就是這樣一個存在。

踏入日本的卡佛

如果早些年間在日本提到瑞蒙．卡佛這個名字，恐怕知曉的人寥寥無幾。村上最初涉足卡佛小說翻譯是在1982年，並於83年5月首次將其譯作（共8篇）發表在當時下屬於中央公論社的文藝雜誌《海》上。儘管這部創刊於1969年的雜誌在卡佛登陸日本的次年就已停刊，但作為首個通過村上的譯筆將卡佛介紹到日本的平台，還是具有很重要的紀念意義。

回憶當時的情景，村上仍感慨萬分。他稱在那個人們對卡佛還很陌生的年代，自己在一次偶然與編輯的談話中提到有一位美國作家瑞蒙．卡佛的小說很有趣，不想編輯立即爽快地答應在下一期雜誌中推出瑞蒙．卡佛專輯。於是在村上獨到的鑑賞力與編輯對其絕對的信任感的推動下，卡佛就這樣踏入了日本讀者的視野中。從此可謂是一發不可收拾，由最初在文藝雜誌上刊登的短篇，到小說集單行本的發售，再至《瑞蒙．卡佛全集》的發行。至今，卡佛在日本幾乎已然成為一個家喻戶曉的作家了。

卡佛小說特色之一：怪異的標題和令人匪夷所思的結尾

接觸過卡佛小說的讀者想必對其獨具特色的標題和戛然而止且令人費解的結尾印象頗深。這突出一頭一尾兩大看點的作品在其第三部短篇小說集《當我們討論愛情》中可謂是達到了頂峰。同時也因此為卡佛賺取了不少的眼球。其中有將這種特色視為模板並進行鑽研模仿的八〇年代追求新式寫作風格的美國年輕作家，也有對其持保留態度的讀者和文人。而村上便是後者中的一位。

他在談及此時期卡佛小說時表示，標題是一個令他感到非常困擾的問題。在同樣身為作家的村上看來，這些「獨具卡佛特色」的標題，完全可以變得更簡單明瞭，更體現小說的精髓。例如，在日文版《當我們討論愛情》（《愛について語るときに我々の語ること》，中央公論社，2006）的後記中針對其中收錄的短篇〈私にはどんな小さなものも見えた〉（原題 I could see the smallest things）的標題村上指出，小說講的是蛞蝓的故事，讀過後當我們再回想這篇小說時腦海裡浮現的應該是在月光下蠢蠢蠕動的一群蛞蝓。因此小說應改叫做「蛞蝓」，至少也是

「那些蛞蝓的故事。」

儘管村上對卡佛這種詭異的命題方式持有不同的觀點，但對富有「不經意間的意外性」這種卡佛式結尾卻大加讚賞。同樣在日文版《當我們討論愛情》的後記中，村上指出短篇〈告訴女人我們要出門〉（出かけるって女たちに言ってくるよ，Tell the women we are going）的結尾尤其可以體現出不附加任何解釋便戛然而止且謎團重重的卡佛式特色。儘管有些評論家認為這種處理小說結尾的方法有些牽強，但村上倒對此津津樂道。

在筆者看來，無論村上讚賞哪邊或質疑哪邊，這一頭一尾的卡佛特色都影響了村上的短篇小說創作。例如〈燒掉柴房〉、〈萊辛頓的幽靈〉等，都不無卡佛的影子存在。

卡佛小說特色之二：一改再改的多重版本

卡佛小說的另一特點就是不斷地對原有版本進行修改。就算是已經出版的作品他也要一改再改。這些修改小到再次斟酌詞句，大到大幅刪減或擴充出長短不同版本，甚至還會出現同版本的兩種不同結局。於是這也就需要身為譯者的村上不斷追逐卡佛的步調對譯文進行修改。不過這倒難不倒熱愛翻譯的他。因為村上稱就算卡佛沒有改動小說的內容，自己也會隨著翻譯水平的不斷進步而對之前的譯文做反覆的推敲。有時會修改一些之前翻譯不夠精準的地方，有時還會實驗一下不同的譯法。因此在日本卡佛全集出版之際，村上曾要求出版方暫停增印之前已出版的卡佛小說集。因為在全集中村上對曾經已出版的所有日文版卡佛小說重新進行了一次認真的審視和推敲。他說這樣做是希望日本的讀者可以更接近真實的卡佛。

眾所周知，村上本人其實也是一個喜歡對自己作品一改再改的作家，且同樣擅長使用同一個故事製造長短不同版本。如〈螢火蟲〉與《挪威的森林》。在這點上不能說完全沒有受到卡佛的影響。

如今卡佛的所有作品都已通過村上的譯筆被介紹到了日本。村上稱這對他來說是一個極大的遺憾。因為卡佛的早逝，使我們只能欣賞到他僅有的65篇小說和一些詩歌。卡佛的死對村上來說是一個很大的打擊，他曾表示希望可以為這位自己鍾愛的作家盡最大的努力做一些事。事實上他也做到了。他成功地將卡佛介紹到了日本，又讓他從日本放射到了亞洲其他國家。作家兼學者紀大偉在〈因為村上春樹，所以瑞蒙・卡佛〉一文中曾坦言自己正是通過村上才開始關注卡佛的。筆者相信這樣的卡佛讀者一定不在少數。村上春樹憑藉自己獨到的慧眼為我們發掘出了一位出色的作家，並讓這位曾經只作為村上鄰人的瑞蒙・卡佛成為了我們大家的鄰人。

徐子怡

1985年出生於中國北京。高中時代通過《挪威的森林》成為村上春樹的忠實讀者。並從學士階段起開始鑽研有關村上春樹的研究。2016年以村上春樹在中國的受容以及中國的「村上之子」現象研究於東京大學取得文學博士學位。目前任東京理科大學兼任講師。最近正在著手的題目是村上春樹小說改編的電影在華語圈的受容。同時也開始關注村上在繪本翻譯方面的研究。

諾貝爾獎之前，《1Q84》之後

蔡雨杉

測量與諾貝爾獎的距離

一直以來與美國文學文化關係親密的村上春樹，在歐美的閱讀日趨白熱化，到了二〇〇五年《海邊的卡夫卡》英譯版 *Kafka on the Shore* 被選為《紐約時代雜誌》二〇〇五年度好書以降，國際化的評價便一舉浮出媒體檯面。二〇〇六年捷克法蘭茲．卡夫卡獎、短篇小說選集 *Blind Willow, Sleeping Woman*，二〇〇七年再拿下愛爾蘭歐康諾小說獎國際短篇小說獎之後，村上春樹候選諾貝爾獎的呼聲便甚囂塵上。原因無他，在於二〇〇四年奧地利的艾芙烈．葉利尼克與二〇〇五年猶太裔英籍的哈羅德．品特，接連在法蘭茲．卡夫卡獎授獎之後，獲頒諾貝爾獎。讓這兩個獎項在世人心目中變成前後連綴的關係獎項。

村上春樹得了指標性極強的卡夫卡獎，引發的連鎖反應。讓曾經連續三年猜中諾貝爾文學獎得主英國的博彩（Bookmaker）網站「立博」（Ladbrokes）上，村上的賠率持續加溫，從二〇〇六年的人氣第十八名，二〇〇七年升到第六名，今年則以1賠9，維持第六位。晚近幾年日方媒體更以離諾貝爾文學獎最近的日本作家來稱呼他，而巧合的是得了卡夫卡獎的是年，也正巧是村上春樹滯留在夏威夷時開始構思的時序（6月17日《讀賣新聞》）。

一切似乎都在這個世紀爆發開來。

在日本，對村上春樹品評闊論的學者專家眾多，但真正正視村上國際勢不可擋，直逼諾貝爾獎的學者，當屬柴田元幸、藤井省三、沼野充義、四方田犬彥等人。二〇〇六年三月底四人邀請十七個國家，共二十三位翻譯家出版者作家在東京大學，召開「尋找春樹冒險記——世界如何閱讀村上春樹」國際研討會，也前往小說世界的舞台札幌、神戶開分會。會後由日本的國際交流基金於二〇〇六年六月出版《世界如何閱讀村上春樹》會議紀實，甚至在今年六月再版成口袋書發行。

此後，國際性的村上研討會便如春筍蓬勃發展。二〇〇六年十一月神戶大學以「東亞——共鳴與共生」為題，下設了一個子會「村上春樹@東亞——春樹能成為東亞的『基石』嗎？」，邀請到大陸譯者林少華和韓國譯者金春美，香港教育學院中文系白雲開，神戶女學院大學教授飯田祐子與會，性質上似乎是順國際交流基金會的流勢所開辦的集會。

當然日本學界認為村上春樹能否雀屏中選諾貝爾獎，意見分歧。

小森陽一曾在二〇〇七年十二月六日一個名為「新聞深層」的談話性節目上，以「村上春樹能得諾貝爾獎嗎？」為題，與專研中日關係的華裔日籍政論家葉千榮展開論說。節目中小森維持一貫的批判，匡謬般地直指村上忘卻記憶、停止思考，僅以慰藉作為世界救贖的迷錯。想當然耳，他否決了該節目的設問。而這一年是小森陽一以各種形式批判村上春樹的一年。二〇〇七年三月由高麗大學及東京大學合辦的「在東亞讀村上春樹」研討會，會上小森陽一延續他在《村上春樹論——精讀《海邊的卡夫卡》》的態度，主張日本社會將戰爭記憶當作無意識的傷痛，而集體企求療癒。小森陽一認為村上小說中有許多讓人憶起日本侵略戰爭的橋段，但卻以承認那是無可奈何的事之後，消去記憶。小森陽一選在二〇〇六年美國恐怖攻擊九一一事件紀念日當天發行《村上春樹論》的用意，在於對支援美國反恐的日本社會的批判，認為如此的日本與村上文學有著裙帶關係。這天北京日本學研究中心的秦剛教授也抱持著否定姿態。他說對於人們評價村上的非日本．脫日本的書寫他不以為然，十分批判村上對於世界上暴力生成的緣由缺乏探問。兩人的見解相仿，似乎也與大陸譯介小森陽一《村上春樹論》一書的邏輯相契合。對此，韓國村上譯者高麗大學的金春美認為，身為殖民被害者，可以理解這樣的批判，但在韓國讀者內心中，對村上的都市感受性與政治喪失感的接受，應該還有以各個個人不同的文脈再建構的餘地。

然而公開表示村上離諾貝爾獎極近的文藝評論家也不少。

《產經新聞》學藝部長金田浩一呂認為，就能為世界上年輕一輩代言，海外翻譯量獨占鰲頭，自然有機會取得。思想家內田樹則不僅認為村上文學在全世界的人氣可佩，其故事性兼有普世價值，當然應該掄下諾貝爾獎。更在他的專著《小心村上春樹》（村上春樹にご用心）中，將為文批判村上春樹的學者冠以「對村上春樹集團性的憎惡」的渾名。

而在台灣以《台灣文學這一百年》等台灣研究在台灣知名度頗高的藤井省三教授，從二〇〇五年開始組織了以東亞學者為主的村上春樹研究團隊，除了參與主辦前述的國際交流基金會的研討會外，二〇〇七年《村上春樹心底的中國》是首次挖掘村上與東亞血脈相連之究竟的前衛研究。除了歸納出東亞地區受村上影響的四個與經濟發展等物質基礎有關的法則之外，以魯迅研究起家的他，更在文本中抽絲剝繭，覷看出村上春樹延續魯迅精神的端倪。村上春樹曾在普林斯頓大學講授戰後日本文學的授課實錄，《給年輕讀者的短篇小說導覽》（若い者のための短編小説案內，尚無中譯）中認為，長谷川四郎的短篇《阿久正的故事》〈阿久正の話〉是魯迅《阿Q正傳》的戲仿，為此他重讀了魯迅。提到村上讀魯迅，根據《聯合文學》一九九三年一月號鄭樹森的專訪中，村上透露十幾歲時讀過《世界文學全集》中收錄的魯迅作品，據藤井教授調查，其中包含了《阿Q正傳》。他並進一步揣測，短篇小說〈沒落的王國〉名喚「Q氏」靈感應來自阿Q。

其研究和台灣極密切，筆者也就不避親地詳述他研究村上春樹的歷程。二〇〇七年夏天甫出版日文版《村上春樹心底的中國》不久，藤井教授在《中國時報》十月十五日的專訪中，便指出，〇六年才真正進入瑞典皇家學院的候選名單的村上馬上得獎的機會渺茫。細究藤井教授關注華語圈的作家如李昂、莫言、鄭義等人，除了基於人道關懷向日本譯介應矚目的華語圈作家之外，也多少是出於透看出作家們問鼎諾貝爾獎的實力。村上春樹的研究似乎也在這個「準」諾獎研究譜系之中。藤井省三教授已經連續三年受日本媒體記者要求，一同在研究室，守候在諾貝爾獎網頁前，等待得獎消息一公布便進行訪談。

在藤井省三教授四年的研究計畫的最後一年二〇〇八年的十一月舉辦了名喚「東亞與村上春樹」的國際研討會。由邀請中國、香港、台灣、新加坡、韓國、馬來西亞的學者翻譯家，以東亞歷史的記憶為主線，輔以美國的村上熱研究及中國的大江健三郎閱讀作參照軸進行對話。三大譯者賴明珠、葉蕙、林少華之外，與會台灣的張明敏、韓國的任明信及金良守、美國的阮斐娜、日本的島村輝、新加坡的關詩珮、香港的吳耀宗、中國的許金龍與楊炳菁、于桂玲。其中許金龍是大江健三郎的簡體譯者，據聞大江將諾獎的紀念鋼筆餽贈給他，他的與會也是凸顯了村上的獲獎實力。而發表主題從譯本的比較分析、各國的文化脈絡、知識生產的領域的介入、文化翻譯的現象各個角度來切入。

會後論文集結成《東亞所閱讀的村上春樹》（東アジアがむ読村上春樹）於二〇〇九年六月出版，也早已預計與《1Q84》同一天發行。或許先有四位學者舉行的研討會，後有《村上春樹心底的中國》的研究發表，日本媒體看上專研外國的翻譯閱讀的藤井省三研究團隊的前瞻性，《1Q84》發行的前一天NHK新聞以專題預告《1Q84》的內容之外，還專訪了藤井教授，這段影片也立刻被台灣媒體所播送。

在台灣預計十一月九日發行中譯本《1Q84》的神祕性，不僅使得台灣讀者引頸盼望，其實在日本發售前，村上對研究者的保密也是到家。

受邀參加藤井省三研討會的葉蕙在二〇〇八年十一月十七日《文匯報》發表，會議前一天十月二十九日與賴明珠、林少華、張明敏等譯者密會村上春樹的始末。村上本人對書名故作玄機保持神祕，但提到長度將是《海邊的卡夫卡》的二倍，超越《發條鳥年代記》，將是他人生最長篇。這應該是華文讀者，也是世界上最早公開關於《1Q84》的第一手情報。然而，日本的讀者最早知道相關訊息應該是在，由藤井省三教授將會議花絮刊登於十二月六號發行的《文學界》雜誌〇九年新年號的時候。這時連著名的前哈佛大學教授《聽見100%的村上春樹》作者、少數與村上春樹有私交的學者傑．魯賓（Jay Rubin）也尚未得知。有個小插曲傳神地說明這現象。二〇〇八年十二月十五日傑．魯賓與其他兩位美籍教授在東京大學柴田元幸教授的公開講座上各自講述自己的翻譯觀。傑．魯賓談起《海邊的卡夫卡》，指出裡面提到夏目漱石的〈坑夫〉其實是他推薦給村上的。這時席上有個學生看了藤井教授在《文學界》上的報導發問，想知道村上〇九年將出版最長篇作品的詳情。結果傑．魯賓大為吃驚，因為他五天前才從村上本人處獲知。會場一片譁然之下，柴田教授便示意請教藤井教授，藤井教授則喜孜孜地指著同席的葉蕙說是這位翻譯家所扣問出來的。然而，據來自葉蕙本人的消息是，村上似乎將這次與華語圈譯者的聚首當作密會，因此對葉蕙的發稿頗有微詞。

這可謂是村上春樹與讀者媒體之間，一個事前保密《1Q84》的攻防戰縮影。

《1Q84》通往天吾（國）的青豆

歸納幾個《1Q84》之所以創下破天荒紀錄的理由，除了重重保密，吊足讀者胃口之外，《海邊的卡夫卡》之後五年的等待，以及〇八年七月發布《挪威的森林》將由法籍越南裔導演陳英雄改編成電影消息加溫，重加上二月耶路撒冷文學獎講稿中〈我永遠站在「雞蛋」的那方〉的催化，《挪威的森林》的銷售量再度升高，復以發售後的缺貨等待搔弄讀者好奇心，因而順理成章地眾人的關注聚焦在這位離諾獎最近作家的新作之上。

《1Q84》，分 Book 1 與 Book 2，各有二十四章，奇數章敘述身懷絕技的健身房教練女主角「青豆」和偶數章志向小說家的補習班數學老師的男主角「天吾」故事的雙線進行。村上春樹在六月十七日《讀賣新聞》的訪談中談到，「青豆」「天吾」正如巴哈的平均律鋼琴曲集的形式，編寫了十二個調式，共二十四個大小調交互搭配。1Q84 在日語中和 1984 的發音相同，其中「Q」代表青豆所不能理解的扭曲世界的疑問（Question）。

故事敘述偶數章的主角天吾受編輯小松之邀，幫有閱讀障礙（dyslexia）的深田繪理子（暱稱ふかえり．FUKAERI，頗有青春偶像的味道，有論者認為是動漫 EVA 的綾波零的翻版。）改寫一篇描述名為先驅（さきがけ）的公社（commune）群體生活之作品《空氣蛹》，用以投稿芥川文學獎得獎的始末，以及因此捲入有兩個月亮的奇異世界。然而與此同時，奇數章的青豆自從因趕時間，爬下首都高速公路三號線的緊急逃生梯，進入這個與 1984 年有微妙差異的 1Q84 年之後，奇妙的遭遇連連，竟受託暗殺強暴幼女的先驅公社首領深田保……

《1Q84》的創作靈感來自於對奧姆真理教事件的追蹤與旁聽死刑的判決法庭時，對死囚心境的想像，小說企圖以加害人與被害人雙方觀點思考現代倫理。村上春樹在訪談中也提及，他對每個人物都詳加塑造。筆者查閱奧姆真理教教主麻原彰晃的經歷，得知曾在代代木Seminar補習班準備重考，而年輕時因為單眼眼盲而學習過針灸。前者是天吾授課的處所，而後者正是青豆的擅長。麻原彰晃三女被稱為阿闍梨（アーチャリー，來自佛教指導僧的轉用），受信徒景仰，而《1Q84》中，投影成狂信宗教的先鋒公社領導人深田保的女兒、深田繪理子在小說中擔任接收小人物（Little People）訊息的巫女角色。而村上春樹旁聽沙林事件主犯林泰男判決法庭時，得知他是因緣際會下接觸後，順勢而為，最終步向無可挽回的境地。彷若「被留在月球背面的恐懼」，小說中也濃縮了村上對該死囚的哀憫。這般的人道主義同情也應該是對青豆與天吾的情緒。

此外，村上春樹在訪談中提及，經營純愛小說要素，也是這本「綜合小說」的一個重點。

爬下高速公路逃生梯的青豆，就像童話故事《傑克與魔豆》爬上通天豆梯的寓意一樣，通往新世界《1Q84》，也一步一步接近十歲以來、「天國」般存在的真愛天吾。在日文中，天吾（Tengo）的發音和天國（Tengoku）這個詞彙很近。尾音發不清楚的時候，天國聽起來就像天吾。對女主角青豆來說，「天國」是幼時參加的基本教義派「證人會」之嚮往所在。青豆即使在十歲脫離證人會，當她在執行不流血殺人任務時，該會的禱告詞還是她的鎮定劑。對認為「只要有一個真心喜愛的人，人生便有希望」的青豆來說，天吾的確是天國。

《如何閱讀《1Q84》》這本評論集在《1Q84》出版後兩個月便旋風式的上市。讓人不得不再次重視《1Q84》破天荒銷賣。為了介紹這些評論，多少會涉及一些小說的情節，請想保持閱讀的樂趣的讀者且慢往下看。

加藤典洋在〈為何導入露骨的娛樂性——出眾等級的「世界文學」〉一文中，小說提供了思考戰後日本的獨特性的解答。青豆見了惡的象徵深田保後，故事意外的發展，就像宮崎駿《風之谷》的論述一樣，從惡之中製造出善，此外別無他法。而沼野充義的〈歐威爾、契訶夫、楊納傑克——為了精讀《1Q84》的注釋集〉指出，歐威爾與村上都注意到更改歷史的問題，契訶夫的紀實作品《庫頁島》和村上採訪沙林事件作品《地下鐵事件》、《約束的場所》相似，楊納傑克的《小交響曲》則替《1Q84》奏響了不祥預兆。森達也〈被相對化的善惡——從奧姆真理教事件經過14年所到達的地方〉一文則認為，先驅公社的真理教投射淡薄，反而是老婦人和青豆較體現真理教的狂信。沙林事件之後，社會整體的被害意識凝聚成凜然大義，就像以色列這個國家。發表「雞蛋與牆」演說正是對此的解答。與其處理孰是孰非，身為小說家應當描寫正在痛苦的人群。描寫出於國家整體的被害意識而發動戰爭的「大義」，便是《1Q84》所提出的反題。

童話《傑克與魔豆》中，天國裡有引人嚮往的金母雞、金豎琴，雖然主角的貧窮讓人心生憐惘，但作為一個小偷的事實不變。就像青豆一樣。最後青豆（或可說是分身）的確乘著空氣蛹通往了天吾（國）。但製造出這矛盾體制．系統（system）的小人物到底是何方神聖？那就彷彿與賣魔豆給傑克的人物一樣，到最後還是一個謎。

幻境的入口，以卵擊牆終止暴力

除了純愛要素之外，這本「綜合小說」也兼具推理．恐怖小說的娛樂性。讓人聯想到日本科幻漫畫／電影《20世紀少年》。現實生活中，一個轉角、一座逃生梯、一曲《小交響曲》都有可能是幻境的入口。村上春樹指出九一一事件以降，重複播放的雙子星大樓的爆炸畫面，以及阪神大地震與奧姆真理教事件的發生，真假難辨的現實便成為現代人的心象圖景，對現實產生的乖離感陡增。但小說中以黑體字強調的是，「別被眼見的所矇騙，現實總是只有一個而已。」《1Q84》的世界是扭曲的時空，就像韓國電影《觸不到的戀人》，在某個場景意識到對方的存在，卻又陰錯陽差地分開。這個沒有分明的定論的世界，也可能是現實社會的渾沌的剪影。如何看出方向是讀者的課題。

然而，臧否《1Q84》的論述也恰如其分地與讚美陣營制衡。川村湊質疑〈為何如此的物語有必要展開呢？〉。他認為惡的權化深田保借青豆之手自殺的描寫太過草率。而復仇殺手青豆也絲毫未感到罪孽深重。所有村上宣稱祖述杜斯妥也夫斯基問題，並未讓讀者在末尾滿意。

研究日本新興宗教專家島田裕巳指出，以〈這是《雞蛋》這邊的小說嗎？〉為題指出，雖然登場人物的靈魂脆弱又徬徨，正因如此對狂信宗教的首領同情共感。這就像耶路撒冷和巴勒斯坦的戰爭，不能用站在易碎的雞蛋一方就能處理的複雜問題。欲處理這種善與惡難以切割問題時，故事卻戛然而止。

佐佐木中〈對生的侮蔑、《死的物語》的反覆——這小說在文學上是錯誤的〉一文指出，談論虛構的小說中的道德是非沒有意義，但在青豆身上重複演繹末世論，因而不能達成對抗麻原彰晃「末世論」的效能便屬文學上的失敗。一個不好，對「恐怖分子」青豆產生感情移入，讀者只是徒然對現實世界產生忌恨感。

人類會創造體制，也會可能變成高牆。村上春樹小說被翻譯成三十六種語言，他儼然有能力成為一面高牆、一種系統。當然所有的系統並不完美，在耶路撒冷義正詞嚴如村上春樹，他當然也應該意識到己身的「小說系統」之潛力。正如村上本人在卷首所揭示的警語：

這是奇幻的世界，從頭到尾都是人造的。不過只要你相信我，所有的都將成為真的。

就像服藥前要看使用須知一樣，讀《1Q84》前千萬記得看看他卷頭的警語。

相信一種體制．系統，便是敞開心靈，接受其入骨透血的潛發力。其引起的藥效隱微但巨大，漸進的效力將與你靈肉合一。《1Q84》所批判的體制是以宗教形式，以家暴形式呈現，現實中箝制人的各種不同面貌現身。在以色列可能是空襲迦薩的邏輯；在台灣或許是族群對立的衝突，但各種體制都可能為暴力所驅動，但也可以是善意的渡筏。

《1Q84》所被批判的宗教，可以是台灣八八水災後的救援的助力。載舟覆舟皆是水。的確如村上在《讀賣新聞》的專訪上所說，他要描寫的是體制中有反體制，反體制中有體制，涇渭並不分明。如同，反小人物的深田繪理子的父親即是小人物陣營的代言人深田保。也正如齋藤環所指出的，我們和體制．系統是母與子的臍帶相連，故事中可以弒父，但無法殺母是因為我們既需依賴又要反抗。村上認為他那一代，共產主義失去作為一個反體制的力量之後，開始轉而尋找指引新時代的座標軸。在日本是狂信的宗教以及新紀元運動（New Age Movement），而投影在《1Q84》即是小人物。

後座力未可知，請小心服用！

《挪威的森林》在日本突破一千萬冊，而《1Q84》一橘一綠的裝幀讓人不禁聯想起《挪威的森林》紅綠聖誕氣氛。日本網路上甚至有人問其伴侶，喜歡青豆還是深田繪理子……

以一個替各位讀者試金者的立場來奉勸各位，《1Q84》可以躺著讀，趴著讀，但萬萬不要用閱讀《挪威的森林》的方式來讀。這既非厚此薄彼的偏見，也非論列是非的評斷，只是對村上世界的轉變，所做的路跑測試報告。閱讀的道路當然自由萬千，但是想提醒您的是，過往的閱讀姿勢在《1Q84》中可能會有些險阻。

因為那可能產生閱讀的「系統錯誤。」

早期第一人稱敘事特有的引人入勝，但也稍嫌獨善其身的作風，移轉到社會批判的譜系之中，各種批判式閱讀的論文其針鋒不外出自對其中的「死」與「性」議題的處理。

青豆的「正義」所認定的天國到來不一定幸福美滿。青豆最後相信她的正義所認定的極惡代表深田保的預言，以己身的死，欲換取天吾的生。青豆以死相許的信任令人匪夷所思。但回想起她的禁慾極簡生活型態，便可以看出她即使三十歲也擺脫不了易受洗腦的意識。再者，天國一詞，在青豆的內裡似乎懸於矛盾意義的兩極之上。她討厭「家庭暴力的卑劣男子，和精神褊狹的宗教基本教義派者一樣」（Book 1 第9章）。在為受家暴的閨中密友大塚環復仇，謀殺其夫的時刻，「讓天國降臨到那個男的頭上」也是她最強的詛咒。青豆的世界中，證人會的末世論還是陰魂不散，「這個沒道理，又不夠親切的世界，一下子就會結束了」（Book 1 第15章）。

青豆的世界觀是死的衍義，是受害者變身為加害者的畸零邏輯，是《1Q84》中令人同情且搖頭嘆息的。就像喬治．歐威爾的《一九八四》中，最後大喊我愛老大哥並自願被處死的主角溫斯頓。而青豆和天吾皆自小背負著傷痛，在這層意義上是受害者，但青豆卻相信首領的「系統」邏輯，相信己身的死能換來天吾的生的「宿命論。」孤絕的處境，讓她接受老婦人殺害深田保的「正義」，也帶她走向自殺一途。這和村上春樹所同情的林泰男死因遭遇相仿，也與缺乏社會連帶感的自殺青年面孔相似。青豆的確是村上所言的，善與惡間髮之隔的人物。

此外，之所以村上春樹會引起兩極端的評價，我想便是他所處理的先驅公社中以強暴形式將幼女變身為巫女的性書寫，與他所謂純愛主人公青豆和天吾所經驗的性愛之間的秩序邊界，因深田繪理子和天吾的淨化交合儀式的介入所模糊之處。天吾與青豆的純愛平均律因而走調。甚至小說中「性」與「愛」幾乎不相指涉。重合上讀過《挪威的森林》的既視感（déjàvu）反而會有「嘴裡留下不祥氣味」的讀後感。早期由《挪威的森林》第一人稱敘事者的性格塑造引人在其中尋求認同、歸屬與慰藉，然而轉型寫有明確的指涉批判對象的《1Q84》第三人稱敘事書寫時，似乎便無可避免地造成如此的「系統錯誤。」

筆者必須再次強調，這是沿襲閱讀姿勢的產物，非關村上寫作的成敗。

當然這是沒有警覺到《1Q84》是如同喬治．歐威爾《一九八四》般的反烏托邦小說時的閱讀副作用。若是強力警覺到村上春樹發行《1Q84》對抗麻原彰晃式基本教義派病毒的意圖，那麼從揭發「系統」對人性扭曲、思想箝制的剖析，讀之令人毛骨悚然的效果來看，的確《1Q84》是成功的。只是遺憾的是，村上春樹也引用了契訶夫的名言：「槍在小說中登場了一定就要發，不然沒有必要登場。」卻在《1Q84》中留下過多未發的伏線。好比幫有語言障礙的深田繪理子記錄下《空氣蛹》的薊（Azami）之謎。再者，就現在的篇幅，尚未超越《發條鳥年代記》，還稱不上最長篇。

「完美的文章並不存在，就像完美的絕望並不存在一樣」（《聽風的歌》）。不管是讀者閱讀上從第一人稱到第三人稱的閱讀系統轉換可能產生的「系統錯誤」；還是複製「死」的論述與「性」「愛」無序的描寫等「系統錯誤」，或是許多小說中未發的子彈所造成的如佐佐木中等人批評的「系統錯誤」，我想在 Book 3 中都會得到修正。

「完美的絕望並不存在」這句話曾在我的「第一人稱村上閱讀時代」產生巨大慰藉。而「完美的文章並不存在」也在我「第三人稱村上閱讀」的現下，提供我閱讀的指引。這句話背後也隱示著村上春樹身為小說家，雖然知曉文章一定會有「系統錯誤」，但還是持續書寫的吾往矣精神。就像他對抗系統，有時就需要創造出另一個系統。即使每個系統都是不完美的。而這又與「以卵擊牆」的演說精神互通。

或許在 Book 3 有一個大翻案，會像 Book 2 第五章一隻老鼠遇到素食主義的貓的故事一樣，結局出乎意料之外。或許深田保是天吾的親生父親，或許其實青豆只是天吾書寫的《兩個月亮》小說中的人物，或許……

蔡雨杉

又名謝惠貞。東京大學文學博士。文藻外語大學日本語文系助理教授。現旅居哈瑪星，觀照日本文壇大小宇宙。練習寫詩，安放當下。撰有論文《日本統治期台灣文化人的新感覺派的受容——橫光利一與楊逵、巫永福、翁鬧、劉吶鷗》、〈互相註解、補完的異語世界——論東山彰良《流》中的文化翻譯〉，以及村上春樹等日本作家相關評論訪談多種。

村上春樹與諾貝爾文學獎

賴明珠

這幾年常常有人問我，你覺得村上春樹會不會得諾貝爾文學獎？

2013年9月村上春樹出版了一本短篇小說翻譯，介紹十篇世界傑出的愛情故事，書名為《恋しくて》(*TEN SELECTED LOVE STORIES*)。

其中有一篇〈The Jack Randa Hotel〉作者是加拿大女作家艾麗斯．孟若（Alice Munro）。一個月後，10月諾貝爾文學獎揭曉，由艾麗斯・孟若獲得。讓我十分驚訝，暗暗佩服村上春樹具有高度的鑑賞眼光，而且擁有先見之明。

2016年10月諾貝爾文學獎揭曉，由美國歌手巴布．狄倫獲獎，文學獎第一次頒給一位歌手。震驚世人。早在2008年4月7日「普立茲獎」就以他的創作對美國文化及流行音樂的深遠影響頒發特別貢獻獎給這位搖滾民謠詩人。對於文學獎頒給音樂創作者是否合適，舊金山紀事報就曾評論「不是巴布．狄倫需要普立茲獎，而是普立茲獎需要巴布．狄倫。」

連巴布．狄倫自己都要問「我的歌是文學嗎？」猶豫不知要不要去領獎。

不過，村上春樹早在出道不久，1985年就提到巴布．狄倫了。在《世界末日與冷酷異境》第39章，主角到公園去，打算讓自己消失，最後閉上眼睛，落入深深睡眠時，所選聽的歌就是巴布．狄倫的〈飄在風中〉(Blowing in the wind)，和〈暴雨將至〉(A Hard Rain's A-Gonna Fall)。一個人在結束生命時，最後想聽的歌是巴布．狄倫的歌，可見這位歌手在村上心目中有多重要。

不，其實在更早，1979年處女作《聽風的歌》第18章，就提到巴布．狄倫的歌了。

可以說村上春樹頒獎給巴布．狄倫，遠比諾貝爾文學獎早了三十多年。我想問題不是諾貝爾獎該不該頒給巴布．狄倫，而是頒得太慢了。

2017年諾貝爾文學獎頒給石黑一雄。村上春樹在2011年出版的《雜文集》中有一篇〈擁有像石黑一雄這樣的同時代作家〉。他提到「這是為了2010年3月英國出版的石黑一雄的研究書《石黑一雄：當代評論觀點》(Kazuo Ishiguro: Contemporary Critical Perspectives)所寫的序。本書收集了有關他作品的研究論文。事實上，這在日本《Monkey Business》2008年秋季號，已經刊登了日語原文。

村上春樹比諾貝爾文學獎，早九年就已經推崇過石黑一雄了。

村上春樹是一位感覺極敏銳，鑑賞力極高的作家，經常在作品中熱心地為讀者介紹世界各國的傑出文學家、音樂家、哲學家、導演等。例如俄國的杜斯妥也夫斯基、托爾斯泰、契訶夫；英國的狄更斯、法國的普魯斯特、羅曼羅蘭、福樓拜；德國的康德、葛拉斯……等。

村上並持續翻譯世界名家作家，尤其是美國傑出作家的文學作品。如費滋傑羅、沙林傑、葛瑞斯・佩利、史蒂芬・金等的作品。並花十四年時間譯出瑞蒙・卡佛全集。最近又花十年譯出錢德勒的七本長篇小說全集。有些經典作品已有翻譯，因為村上的日文新譯，也帶動了中文的改版新譯。最近挪威作家達格・索爾斯塔的〈第11本小說，第18本書〉，英國作家馬賽爾・索魯的《極北》，因為村上的日文翻譯，間接鼓勵台灣的中文出版，並附上村上日文譯後記的中文翻譯。

村上除創作自己獨具特色的作品之外，並選擇各國優良作品加以翻譯介紹，對讀者的貢獻真是不容忽視。

無論村上春樹是否得諾貝爾文學獎，依然不會動搖世界讀者對他的尊敬和信賴。而且能多次被提名已經證明他確實實力雄厚了。

賴明珠

1947年生於台灣苗栗，中興大學農經系畢業，日本千葉大學深造。回國從事廣告企畫撰文，喜歡文學、藝術、電影欣賞及旅行，並選擇性翻譯日文作品，包括村上春樹的多本著作。

村上隨筆自由寫輕鬆讀

賴明珠

一篇篇小文章，彷彿村上自己作的小曲子。

村上的隨筆，怎麼讀都OK。
一口氣讀完，也不累。
每天睡前，讀三五頁，睡得更舒坦。
隨便翻開一頁，重讀，照樣新鮮，越嚼越有滋味。
像喝酒「隨意」一樣，絕不勉強。寫的人自由，讀的人輕鬆。
感覺不一樣，
卻有互動和共鳴。

村上的小說，常常有令人讀不懂的地方。確實有些地方很深，像謎一樣。像走進森林一樣。他自己也說，寫長篇小說，像往自己內心深處挖井那樣，從意識挖到潛意識。有非常陰暗，讓人看不清，連他自己都不懂的地方。

然而村上的隨筆，卻非常明朗、非常輕鬆、幽默。如果說讀他的長篇會覺得累，那麼讀他的隨筆卻令人肩膀放鬆，不禁會心微笑。

他寫小說時，可以說耗費極大的心力和體力，因為要維持專注的力量需要耗費很大的體力，因此他開始跑馬拉松鍛鍊身體。每寫一部長篇就像擠牙膏那樣，把自己的所有能量擠出來，擠到最後一滴。因此寫完就像掏空了般。必須休養一段時間。而在這休養期間，他並沒有閒著，他會一邊寫寫短篇小說、遊記、隨筆，一邊自然地醞釀下一部長篇。

因此每兩三年，或三五年一個循環，短篇、隨筆、長篇，短篇、隨筆、長篇，形成一定的寫作節奏。這種輕、重的交替，對作者是一種心情上的調劑，也是精神上的平衡。同樣對讀者來說，也可以成為閱讀上心情緊張和放鬆的調劑和平衡。

村上作品一路讀來可以發現，有些長篇是從短篇發展延伸而來的。例如《挪威的森林》是從〈螢火蟲〉發展出來的。《1Q84》則是從〈遇見100%的女孩〉延伸出來的。《發條鳥年代記》是從《麵包店再襲擊》短篇集中的〈發條鳥與星期二的女人們〉發展出來的。對照長篇，重讀短篇，或反過來，常常會有一些不同的感覺，或新奇的發現。如果說長篇小說和短篇小說是村上在說故事。那麼隨筆則可以說像「村上和讀者聊天」般。天南地北，親切而隨意的閒聊。

《村上收音機》和《村上朝日堂》系列便是典型村上隨筆的代表作。

不過，同樣的是隨筆，同樣是在雜誌上連載過，但《村上收音機》和《村上朝日堂》又有一些不同。如何不同呢？因為連載的地方不同，讀者群不同，村上對話的對象不同，語氣自然也有一點不同。

相對於《村上朝日堂》系列，是在《週刊朝日》或其他雜誌連載的，讀者群男女都有，比較中性。甚至是以男性為主。而《村上收音機》則是在《anan 雜誌》連載的，讀者多半以二十歲上下的年輕女性為主，因此村上執筆時的心境可能比較溫柔。另外搭配的插畫家，《村上朝日堂》系列都是和安西水丸搭配。《村上收音機》則是和大橋步搭配。相對於安西水丸是男性，大橋步則是女性。

《村上收音機》這個系列，三本都是從《anan 雜誌》連載一年份的文章集結成冊的。第一冊出版於 2001 年。十年後重新在《anan 雜誌》連載。一年後集結出版，這次是一連繼續兩年，2011 年、2012 年集結出版成第二集、第三集。可見是寫完《1Q84》這部村上生平最長的長篇之後，他給自己破例特別放長假，真正無拘無束地輕鬆寫的。

書中提到很多人質疑，難得在雜誌上連載的村上，為什麼會答應《anan 雜誌》編輯的邀稿？村上在書中並沒有明說。事實上，二十幾年前我最早看到村上春樹的名字，也是從《anan 雜誌》的書評欄看到的，而且不止一次。因此，我想村上或許也帶有念舊和感恩的心情，特別為《anan 雜誌》寫稿的吧。

也有很多人會問，為什麼是由大橋步配插畫的？村上提到他高中時經常讀的雜誌《平凡Punch》的封面，就是大橋步畫的，因此他對大橋步早就感到敬佩了。

大橋步的名字猛一看或許有人以為是男性，其實她是女士。多摩美術大學油畫系剛畢業，就被平凡出版社重用，從1964年《平凡Punch》男性週刊5月11日創刊號，到1971年的12月27日的390號為止，一直負責封面畫的設計。因此，在插畫界可是名字響噹噹的前輩高手。

散文或隨筆，最能感受一個作家的個性和喜好。

讀村上的隨筆，更能感受到村上春樹這個人。

讀村上的文章，感覺他把所有的框框都拆除。是個澈底喜歡自由的人。字裡行間流露坦誠的偏愛和不愛。讀他的隨筆，最能直接感受到他與眾不同的獨特個性。

確實文如其人，人如其文。

村上春樹跟別人多麼不同，都反映在文章中對人、對事、對物的反應，我們本來以為微不足道的東西、不重要的東西，經過他一提一寫，完全變得意義不同凡響。

他可以說是個十分堅持、十分固執的人。他要用的字，和不用的字，截然分明，他不喜歡的字，絕對不用。

他有層出不窮、突發奇想的許多怪點子，他有莫名其妙的小怪癖，他有隨時好奇，隨地發現新東西的靈敏嗅覺。

他觀察細微，分析深入，看人看事，會從出乎意料之外的不同角度切入，總能看到獨到的，未被別人看過的一面。讀他的隨筆，絕對不會感到無聊，經常趣味橫生。

一會兒像用顯微鏡看蟲子，忽而抽離飛開，像飛鳥般飛得高高的，再用望遠鏡回看地上。

他喜歡開敞篷車，他說一抬頭就可以看天空。在等紅綠燈的時候，看一下雲，等的時間就不覺得無聊了。

讀他的隨筆，像打翻一盒拼圖碎片，隨他異想天開，然後開始拼拼湊湊。

他說：「沒有意外性，就沒有樂趣。」

村上是個非常會「作文」的人。他的文章讀起來好像忽東忽西，飄忽不定。其實理路清晰，揮灑自如，非常高明。

無論他是不是個天才，他後天的努力，更值得敬佩。

他的父母親都是國文老師。這是不容忽視的事實。他的父親是高中的國文老師。母親在生了他以後就辭掉工作，專心照顧他。

從《1Q84》中深繪里可以把《平家物語》背得滾瓜爛熟，可以推測村上自己也可以倒背如流《平家物語》。

村上春樹和村上龍的對談中，就提到過自己父母都是國文老師。小時候父親就要他讀日本的古典名著。他腦子裡現在還記得《徒然草》、《枕草子》、《平家物語》。餐桌的話題是《萬葉集》。可見，從小父母就把他的國文基礎打好了。

他初中時，父親送他一個電晶體收音機。他開始聽收音機播出的西洋歌曲。高中以後聽了很多西洋搖滾音樂。和古典音樂。

十五歲時他第一次聽爵士樂的現場演奏。從此愛上爵士樂的自由氣氛和獨特節奏。

他成長的地方，神戶是個國際港都，經常有各國船隻來往進出，因此他的第一本短篇書名叫做《開往中國的慢船》。

外國船員看過的英文小說，在舊書店可以便宜買到，他高中開始就讀了很多美國的當代小說。因此村上的文體，自然而然帶有濃厚的爵士音樂節奏和美式英語的語感。

高中畢業後考上早稻田大學的戲劇系。大學時代遇上反對日美安保條約的學生運動，在罷課、打工之餘，看了很多電影，也在早大戲劇博物館讀了很多劇本。因此後來他的小說描寫方式也受電影影響很深。蒙太奇意識流式的跳接，電影的運鏡、剪接手法，也無形中融入他的文字裡。大學沒畢業就結婚，開起爵士音樂咖啡廳。到了二十九歲，去看棒球賽時突然想寫小說。

處女作，《聽風的歌》一鳴驚人，獲得群像新人獎。第一句：

「所謂完美的文章並不存在……」

一開始就顯示出他對「文章」的執著。他跟村上龍的對談中提到，「我喜歡從一個單字，開始創造什麼。像《1973 年的彈珠玩具》，首先想寫關於彈珠的小說。於是從彈珠的題目開始，那麼再給它加上一個年號。就用《1973 年的彈珠玩具》來寫吧。

書名有了，但故事還完全沒有。就從這個單字開始寫。我非常喜歡這樣。」

《聽風的歌》第一章中，村上就寫過，哈得費爾關於好文章這樣寫過：

「寫文章這種作業，是對無法改變的自己，與包圍著自己的事物之間的距離，做一個確認。必要的不是感性，而是尺度。」

三十年後《1Q84》第四章中，天吾說「寫小說時，我用語言把我周圍的風景，轉換成對我比較自然的樣子。也就是重新改造。藉由這樣做，來確認我這個人是確實存在這個世界的。」

身為一個作家，他對寫文章這件事，對自己和環境的態度，三十年幾乎沒有改變。

村上對音樂的熱愛處處反映在文章中，他寫道：「我小時候學過鋼琴，所以看到樂譜就能彈簡單的曲子……我腦子裡，常常可以感覺到有自己的音樂般的東西，很強、很豐富地像漩渦般轉著，那樣的東西有沒有辦法轉變成文章形式？我的文章是從這樣的想法中出發的。」

讀他的文章，尤其隨筆，就像聽音樂般舒服。

賴明珠

1947年生於台灣苗栗，中興大學農經系畢業，日本千葉大學深造。回國從事廣告企畫撰文，喜歡文學、藝術、電影欣賞及旅行，並選擇性翻譯日文作品，包括村上春樹的多本著作。

遠方的鼓聲 為誰而響

張明敏

村上春樹的《遠い太鼓》，是我擁有的第一本村上春樹的作品。它的特別之處，是我在紐約街頭從黑人街友手上買來的。

1994年有段時間，週一到週五我必須天天從紐澤西的住處搭公車到紐約曼哈頓四十二街的公車轉運中心，再走幾個街口，穿越百老匯大道的歌舞劇戲院到洛克菲勒大樓上班。那時候，紐約的治安大幅改善，常會看到警察穿著深藍制服騎著駿馬或開著警車巡邏，即使一個人行經路旁不時有街友留連的四十二街情色店區也不會讓人心神不寧。不過因為路上多是趕著通勤的上班族，每個人臉上都行色匆匆。

那一年某一天，在四十二街街頭，一位黑人街友的二手書攤卻吸引了我的注意。在眾多英文書刊雜誌中，夾雜著一本日文書，突兀而顯眼。我停了下來，把那本平裝書展開，書皮雖然有點磨損，但內頁幾乎是全新的。黑人街友不知從哪裡撿來這本書，總之他顯然完全不懂日文，用鉛筆在書末空白頁寫著兩塊錢，但是那個「2」和書籍的文字排列方向上下顛倒，反了過來。那時候我只懂一點點基礎日文，只看得懂書名及作者，並不比黑人街友好多少，也沒資格說人家。

你一定知道了，那本書，就是《遠い太鼓》。因為才兩塊美金，我便買下了它。其實，我那時候對日本當代文學並不熟悉，還沒聽過村上春樹、村上龍、吉本芭娜娜等人的大名，更不曉得「村上春樹」的日文讀音。只是從書名《遠い太鼓》隱隱感覺到一股心靈的騷動。遠方的鼓聲，是什麼樣的鼓聲？為何而響？為誰而響？總之，就這樣莫名其妙地買下它。若再深入細想，或許那時一直覺得自己是陰錯陽差來到紐約，心中更嚮往的則是繼續深造，研究日本文學。

總之這本從黑人街友手上買來的《遠い太鼓》，在1999年底跟著我從紐約千里迢迢回到了台灣定居。但直到我重新展開學生生涯，轉換領域攻讀日本文學、比較文學之後，我的恩師林水福教授建議我做村上春樹研究，我才真正有機會打開它，一字一句地讀下去。後來，我有幸與藤井省三教授進行共同研究，並經他本人指名由我翻譯他的大作《村上春樹心底的中國》，有次曾對藤井教授提起這段「在紐約向黑人街友買來《遠い太鼓》」的我的村上春樹初體驗，被藤井教授詮釋為這是冥冥中的宿命安排，是屬於我的一段「legend。」

好了，閒話休提，言歸正傳。《遠い太鼓》這本書，是村上春樹和太太陽子於1986年10月到1990年1月旅居羅馬、希臘期間寫下的散文札記，出版於1990年。中文譯本《遠方的鼓聲》直到2000年才出版。在村上春樹旅居歐洲這段期間，還交出了《挪威的森林》、《舞・舞・舞》兩部長篇小說稿件，以及一部提姆・歐布萊恩的《核子時代》譯稿，還有一篇短篇小說〈電視人〉。

這段在希臘生活的經驗，蘊育出短篇小說〈吃人的貓〉（注），後來成為《人造衛星情人》的部分情節。我認為，〈電視人〉、〈吃人的貓〉、《人造衛星情人》的某些構思，就是2009、2010年大暢銷的《1Q84》中「Little People」和「貓之村」的原型。例如在〈吃人的貓〉中，人夫男主角因和人妻女友的外遇曝光，兩人各自離婚帶著所有積蓄飛到希臘小島生活。後來，女友和貓都神祕消失，只聽見遠方的鼓聲樂聲不斷響著。而主角自己也消失了兩次。

在主角和女友搭機飛往希臘時，「突然間我覺得自己好像消失了……坐在飛機上的那個人已經不再是我了。」而當主角在希臘小島上找尋消失的女友時，「沒有任何預兆地，我不見了。也許是因為月光，或者是因為半夜的音樂，每踏出一步，我就感覺到陷入流砂中，愈陷愈深，在那裡我的本體消失了。」這情節，是不是跟《1Q84》那個青年消失在「貓之村」有相互呼應之處呢？甚至，對應到當時我在紐約的感覺，是不是某方面來說，我也在紐約消失不見了？

拙作〈有了4 Books，何需Book 4〉（《聯合文學》2011年10月號）曾指出，《1Q84》中天吾與青豆的故事，或許從來就不是「純愛故事」，而是「自己」與「自我」的故事。青豆只是天吾正在寫的小說中的人物，而天吾真正在尋找的，就是「我的本體。」由於篇幅所限，在此僅舉出天吾的「空氣蛹」裡是十歲的青豆，就能夠提醒讀者青豆就是天吾的「心之影。」重點在於，天吾藉著

《1Q84》的故事，重拾當年解救被同學霸凌的十歲的青豆的那個主動與積極的自我。而那也就是尋回消失的我的本體的故事。

扯遠了。如今，「在紐約向黑人街友買來《遠い太鼓》」這段經歷，轉眼也成了將近二十年前的往事，現在悠然在腦海響起，成了不折不扣的「遠方的鼓聲。」儘管研究村上春樹已經十年了，我還是不敢稱呼自己是村上迷，但隨著愈來愈熟稔，村上各個時期的作品，時時鼓動我的耳膜，成為我的自我的一部分，提醒我勇敢朝向未知前進，不要輕易消失不見。

注：〈吃人的貓〉原文為〈人喰い猫〉，收錄於《村上春樹全集》第八集，並未出版單行本。台灣譯文可參考《中副84年小說精選》（台北：中央日報社，1997）

張明敏

美國哥倫比亞大學教育哲學碩士、高雄第一科技大學應用日語碩士、輔仁大學比較文學博士。曾任日本東京大學文學部外國人研究員。曾獲台北文學獎、香港青年文學獎翻譯文學獎、日本交流協會獎助。著有《村上春樹文學在臺灣的翻譯與文化》等。現為健行科技大學應用外語系助理教授。

《1Q84》到《聽風的歌》三十年

賴明珠

村上春樹最新力作《1Q84》和30年前的處女作《聽風的歌》，有一個共同點，就是都提到「寫文章」的事。

1949年村上春樹誕生在日本京都。
1979年30歲，以處女作《聽風的歌》獲得群像新人獎。
2009年60歲，推出新作《1Q84》，震驚世界文壇。
30年來，村上春樹有沒有變？

30年來，村上春樹改變多少？如何變？

30年來，村上春樹不停地寫。為了寫得更好、更持久，他一直在鍛鍊身體。因為寫作需要極高的專注力和持久力，尤其寫長篇小說。他原來在開咖啡廳，因此第一本《聽風的歌》、第二本《1973年的彈珠玩具》，都是在打烊後每天寫一點。因此文章很短。從第三本《尋羊冒險記》他把店收掉，立志專心寫作。並開始跑步，後來甚至每年參加世界各地的馬拉松比賽。為了寫作而跑步。

關於「寫文章」

在翻譯《1Q84》時，我很驚訝地發現，男主角天吾在書中也寫小說。天吾一面在補習班教數學，一面在家寫小說。

書中的小說《空氣蛹》提到許多寫文章的事。難免讓我想到《聽風的歌》。

可見「寫文章」這件事，對村上來說多麼重要。「寫文章」就像「空氣」一樣。他每天呼吸著文章，全心、全靈、滿腦子專注在「寫文章」上。30年如一日。

《1Q84》日文原作第一冊501頁、第二冊554頁，合計1055頁，《聽風的歌》201頁，《1Q84》長度是《聽風的歌》的5倍多。明年《1Q84》還將繼續推出第三冊。

不斷追求完美

「所謂完美的文章並不存在，就像完美的絕望不存在一樣。」

處女作《聽風的歌》這第一句，點出村上春樹對完美的在意，和追求完美的精神。也可以說他是個完美主義者。

然而，他也知道現實上100%是不容易達到的。因此在〈遇見100%的女孩〉這篇短篇中，他就提到18歲少年和16歲少女初次相遇，就認定對方正是符合自己理想的100%的對象，又因稍微存疑而分手，再重逢時各自已經是30出頭的成人了。

這100%的概念，正是完美的象徵。

而《1Q84》新作的故事，描寫的就是小學同班同學天吾和青豆在四年級10歲時，對彼此產生好感，情竇初開的女生勇敢地握了一次男生的手。但隨即因轉學而分手，在命運的捉弄下，再重逢竟然要等20年後的30歲時。

正如《挪威的森林》是從〈螢火蟲〉的短篇發展而成的那樣，《1Q84》的故事架構，無疑是從〈遇見100%的女孩〉短篇發展而成的。

不過他的作品中的角色，卻經常呈現容貌不端正、體型左右不對稱、或耳聾、跛足等，不完美的一面。這或許是他對「人生不如意事十有八九」有深刻體認的關係吧。

赤子之心喜歡稚拙

在《聽風的歌》中，他寫道：

關於文章我大多是跟戴立克・哈德費爾學的。或許應該說幾乎全部。不幸的是哈德費爾自己在各方面來說，都是一個不毛的作家。只要讀了就知道。文章難讀、故事雜亂、主題稚拙。不過雖然如此，他畢竟還是能以文章為武器戰鬥的少數非凡作家之一。

對我來說，寫文章是非常痛苦的作業。有時候花一個月時間一行也寫不出來，有時候三天三夜寫個不停的結果，所寫的完全不是預想中的那麼回事。

雖然如此，寫文章也是一件快樂的事，因為比起活著本身的困難來看，為它加上意義是太簡單不過了。」（《聽風的歌》第1章）

30年後，寫《1Q84》，他的文筆應該無比圓熟了吧？

去年11月訪問村上春樹時，問他寫作30年覺得自己有沒有改變。

他說「以前寫得很辛苦，無法順利表達，現在則想怎麼寫就能怎麼寫了。」30年的磨練，才讓他可以隨心所欲地寫。

在《1Q84》中，天吾幫深繪里改寫她的小說。

……天吾感覺深繪里的文章整體上是稚拙的，優點和缺點清清楚楚，因此取捨選擇並不如預想的那麼費事。因為稚拙而有不容易理解，不容易讀的部分，但另一方面也有雖然稚拙，卻因此有令人驚奇的新鮮表現……（《1Q84》第6章）

從《聽風的歌》就提到「稚拙」，到《1Q84》提到更多次稚拙，可以知道即使他自己變成熟了，他還依舊喜歡稚拙的文字。

他喜歡請安西水丸為他的文字配插畫，許多隨筆和遊記都採用安西的畫。從安西水丸的畫風，可以推測村上春樹喜歡稚拙的風格，而他自己的文字也趨向稚拙的風格。這在隨筆上尤其明顯。

稚拙最能表現天真純樸的赤子之心。

這也是一開始我就喜歡他的作品原因之一。他在《關於跑步，我說的其實是……》中，寫到他要「永遠18歲。」無論到幾歲，他心中有一部分是拒絕長大，永遠純真而叛逆的。

他的隨筆輕鬆幽默。早期的兩本小說《聽風的歌》和《1973年的彈珠玩具》就像隨筆般自由自在，特別重視文體的新穎。然而後來的小說越寫越長，越來越沉重。他關注的眼光逐漸從文體轉到故事上。

藉著寫小說的故事，不斷往自己內心深處、往靈魂深處、往自己都不清楚的潛意識深處去挖掘、探索。因此他的小說不但對他自己具有啟發作用和療癒效果。同時也引起讀者真心的共鳴。很多讀者反映村上的作品陪他們度過一段最難過的階段。

更多的愛更多的死

《聽風的歌》中提到……老鼠的小說有兩個優點。首先是沒有做愛場面，然後是沒有一個人死掉。……

然而，從第三本《尋羊冒險記》、《挪威的森林》、《舞．舞．舞》、到《海邊的卡夫卡》，卻越來越多人死去，越來越多做愛的場面。《1Q84》也不例外，甚至更多、更激烈。

《1Q84》從更幼小的年齡開始，追問生命中最早的記憶。天吾回想自己從1歲半開始的記憶。青豆也時常回想小學的那段時光。

各種不同角色，分別從1歲半、10歲、12歲、17歲、22歲、30歲、60歲、到70歲，從離家出走、初嚐戀愛、分手、外遇、結婚、離婚，到老年失去記憶……生命歷程涉及更寬更廣。從不同角度，甚至以生物學的角度，冷靜地看男女關係的變化和生命的榮枯。

敘事方式從《聽風的歌》的第一人稱，到《1Q84》第三人稱。

從主觀到客觀，對愛與恨，生與死，各種複雜而多元的事物，看得更深、更透。

許多的問號「?」

為什麼寫小說?

「寫小說時，我用語言把我周圍的風景，轉換成對我比較自然的樣子。也就是重新改造。這樣做，以確認我這個人確實是存在這個世界的。……」

天吾回答深繪里的問題。

「……如果那作品喚起許多人的同意和共鳴的話，那就成為擁有客觀價值的文學作品。」

讀過《1Q84》，回頭讀《聽風的歌》。又有新發現。

以前讀過《聽風的歌》不下30次，竟沒有特別留意。這次發現不只是「為什麼」特別多，還有更多？問號。

「人為什麼要死？」
「為什麼要進化？」
「為什麼要說謊？」
「嘿！你愛我嗎？」
「白晝的光，如何能夠了解夜晚黑暗的深度？」

讀中文版不容易發現。讀日文原文，漢字的「何故」夾在片假名中，尤其明顯。從一開始寫作，他就對世界、對人生充滿好奇心和探究心。一面提出問題，並希望從寫作中也能得到某種啟示。

新作《1Q84》更從書名就開始提出疑問，Q字等於Question Mark「？」符號的文字化。阿拉伯數字與英文字母的組合，數字與文字的組合，兩種異質性東西的組合所創造出來的新字。一個一目瞭然的簡單單字，不需要翻譯，萬國通行的新字，立刻引人注目，印象深刻。

30年前，《聽風的歌》書中充滿問號，30年後，《1Q84》書名就藏著一個大問號。

問什麼？問人生？問愛情？問親子？問社會？問歷史？問自己從哪裡來？天吾問已經失憶的父親，「我的父親是誰？」

一面進行改寫，天吾重新感覺到，深繪里並不是為了留下文學作品而寫這作品的。

儘管《空氣蛹》不是以文學作品為目的所寫的，而且那文章是稚拙的，還是能夠擁有打動人心的力量。

那麼，她假想的是什麼樣的讀者？

天吾知道《空氣蛹》是同時具備大優點和大缺點正反兩面的極特別的小說，其中甚至擁有某種特殊目的似的。

如果《1Q84》想借書中的小說《空氣蛹》傳達某種訊息的話，那麼村上春樹顯然也擁有某種特殊目的。他的目的是什麼？他又丟一個問號給我們了。

為蟬而寫？

《聽風的歌》中老鼠說……每次寫文章的時候，我就想起那個夏天的午後和樹木茂密的古墳來。而且這樣想：如果能為蟬啦、青蛙啦、蜘蛛啦，還有夏草啊、風啊，寫一點什麼的話，不知道該有多棒！……

《1Q84》中寫到蟬、寫到蜘蛛、寫到蝴蝶，並寫到「蛹。」

第一章青豆從太平梯走下高速公路時，看到蜘蛛，被蜘蛛守著網沒有太多選擇的生活方式，觸動了一點同情心。作品在不經意間，其實充滿象徵性和禪意。

後來故事的發展顯示，青豆對自己的命運其實也沒有太多選擇餘地。為了天吾她寧願犧牲自己。

從年輕時候開始，村上春樹對生物就特別關心，特別喜歡動物，從動物學習生命觀。向來把動物當成朋友，不分彼此。

《1Q84》當然也不例外，有和老婦人當朋友的蝴蝶，有愛吃菠菜的牧羊犬，有孤兒雕刻的老鼠，有冬眠的熊、夏天的蟬、有每天到窗口報到的烏鴉……

書中的小說命名為「空氣蛹。」蛹代表生命的轉變歷程。蠶吐絲，作繭自縛，到化為蛹，是一段成長的歷程，就像蟬和蝴蝶等許多昆蟲，都經歷一次又一次的蛻變一樣。書中的小說命名為「空氣蛹」，顯示村上春樹對自己的生命階段的轉變，有一番自覺和領悟。

《1Q84》在各種意義上，都是一部涵蓋生命歷程更多元、更完整的總合小說。

賴明珠

1947年生於台灣苗栗，中興大學農經系畢業，日本千葉大學深造。回國從事廣告企畫撰文，喜歡文學、藝術、電影欣賞及旅行，並選擇性翻譯日文作品，包括村上春樹的多本著作。

是非＋選擇題

檢定 中級

村上進階檢定題

村上中級檢定為是非、選擇題，每題1分。共25題，合計25分。

1 □《村上朝日堂》取名靈感來自《朝日新聞》。

2 □《村上收音機》原本是知名女性雜誌《VOGUE》上的連載。

3 □《村上春樹雜文集》中收錄有〈牆和蛋〉這篇著名演講稿全文。

4 □ 宮澤理惠演過改編自《東尼瀧谷》的電影，以及《海邊的卡夫卡》舞台劇。

5 □《聽風的歌》的我和好友「老鼠」一整個夏天，「喝乾了25公尺長游泳池整池那麼多的啤酒。剝掉可以鋪滿『傑氏酒吧』地板5公分厚的花生殼。」

6 □ 村上不擅長為作中人物取名字。

7 □ 村上的太太陽子，其娘家和《挪威的森林》中綠的老家一樣是書店。

8 □ 村上除了大量閱讀冷硬派小說外，在非虛構文類中，也喜歡歷史書籍。

9 □ 村上畢業於早稻田大學戲劇系，因時值學運期間，自覺沒有好好讀書。不過後來獲頒「早稻田大學坪內逍遙大賞。」

10 □〈螢火蟲〉曾被選入日本教科書。

11 □ GAP是村上愛穿的服裝品牌。

12 □ 比莉．哈樂黛是村上春樹百聽不膩的爵士女聲。

13 □ 曾表示想到台灣的貓村猴硐看看。

14 □ 短篇〈綠色的獸〉中，女主人最後以「想像力」擊退來求愛的綠色的獸。

15 □ 《睡》當中可以持續清醒無需睡眠的女人，晚上沉迷於閱讀《卡拉馬助夫兄弟們》。

16 □ 沒有宗教信仰的村上春樹，自曝經歷過超自然現象。

17 □ 短篇〈UFO降落釧路〉的男主角受朋友之託帶到釧路的是，他自己的「性慾。」

18 □ 台灣作家王聰威曾公開表示他是村上春樹鐵粉。

19 □ 〈鏡〉和〈第七個男人〉都是像《十日談》一樣，輪流講述出來的故事。

20 □ 〈盲柳，與睡覺的女人〉、《發條鳥與星期二的女人們》是有連續性的兩篇作品。

21 □ 以下哪個角色是《聽風的歌》、《尋羊冒險記》裡都出現過的？①烏鴉少年②羊男 ③老鼠

22 □ 全世界最早翻譯村上春樹作品的翻譯家？①韓國金蘭周 ②美國傑．魯賓③台灣賴明珠

23 □ 成為台灣流行語的「小確幸」一詞，出自哪本著作？①《如果我們的語言是威士忌》②《關於跑步，我說的其實是……》③《尋找漩渦貓的方法》

24 □ 哪一部作品不是遊記？①《你說，寮國到底有什麼？》②《遠方的鼓聲》③《開往中國的慢船》

25 □ 村上春樹和何者沒有對談過？①村上隆②河合隼雄③小澤征爾

中級檢定解答

1	2	3	4	5
×	×	○	○	○

6	7	8	9	10
○	×	○	○	○

11	12	13	14	15
○	○	○	○	×

16	17	18	19	20
○	×	○	○	×

21	22	23	24	25
2	3	3	3	1

中級檢定（不負責）評語

0-10 分	該花點時間和村上大叔的作品培養感情囉～
10-15 分	沒關係，就差那麼一點了啊。
15-25 分	快來迎接中上級的挑戰吧！

Level
2

村上「迷」資格檢定

正宗村上文學的巡禮之年

中上級

三角關係與兩個世界：關於百分百寫實的《挪威的森林》

張明敏

《挪威的森林》（以下略稱《挪威》）日文版銷售總量於去年（2009）八月突破一千萬冊，二十三年來累計的讀者實在難以計數，遠遠超過村上春樹本人的想像。1987年初版時，村上春樹盤算，這本小說要是能賣個二、三十萬本，只要不少於他先前幾本作品的銷售量，可以對出版社交代就好了。於是，村上捨棄了本來想要使用的「百分百寫實主義小說」的文案，而改在書腰帶冠上「百分百戀愛小說」的字樣，居然不到兩年就賣了四百萬本。如果當時村上堅持以「百分百寫實主義小說」作為文案，那麼不知「村上春樹現象」是否因此爆發。

難得為自己的作品寫後記的村上春樹，在《挪威》的〈後記〉中寫道：

這本小說是極個人性的小說，就像費滋傑羅的《夜未央》和《大亨小傳》對我來說是個人性的小說一樣。……對我來說我只希望這部作品能夠凌駕我個人而存續下去。

顯然，這是一部對村上春樹來說具有特殊意義的作品。就文體來看，《挪威》是村上春樹嘗試「寫實主義」的重要作品，突破以往個人寫作風格。寫實主義到底為什麼對村上的寫作具有特殊意義？村上對於寫實主義的定義是什麼？他如何呈現自己獨特風格的寫實主義小說呢？首先就由

《挪威》一書中出現的「三角關係」與「兩個世界」切入探討。

「森」代表的三角關係與「這邊」、「那邊」兩個世界

《挪威》雖然號稱以披頭四（The Beatles）的歌曲為書名，事實上披頭四原曲"Norwegian Wood"與「挪威」無關，也與「森林」無關，歌詞中意指「挪威木料」所製的家具。我曾在拙作《村上春樹文學在台灣的翻譯與文化》中詳述《挪威》在台灣讀書市場被誤譯與誤讀的過程，在此恕不贅述。不過，《挪威》所以被誤譯或誤讀，是因為日本人先將"Norwegian Wood"譯為〈挪威的森林〉，村上春樹又將錯就錯以日譯歌名作為書名，於是改寫了披頭四的歌曲，虛構了一片森林。在日本，評論家就根據這片虛構的「森林」展開了見樹又見林的討論。例如評論家川村湊。

川村湊將《挪威》的日文書名是《ノルウェイの森》（挪威之森）的「森」字拆解為三個「木」，以其形義據以指出《挪威》是一部描寫三角關係的作品，而整部《挪威》就是以各式各樣的三角關係如拼圖般構成的。川村指出，三角關係為「我、Kizuki、直子」，「綠、我、直子」和「玲子、我、直子」這三條主線，以及「綠、她的戀人、我」，「我、永澤、初美」等副線。川村認為，「這三角關係與其說是男女間的關係，其實指的是更為本質性的東西，也就是《挪威的森林》的原型，是以兩旁的兩株樹木來支持著搖搖欲墜般的出場人物們。」（《村上春樹をどう読むか》，東京・作品社，頁185）這篇評論發表於1987年11月，也就是《挪威的森林》在日本出版

一個月後左右，是最早由「森」一字出發分析三角關係的鼻祖，現在看來，雖不中亦不遠矣。

《挪威》出版兩年後，村上在《《挪威的森林》的祕密》（《文藝春秋》，1989年4月）的訪談中指出，《挪威》存在著三角關係，那是為了要以三人為一體、用來推進小說對話的進行。因此，「我、Kizuki、直子」，「玲子、我、直子」和「我、永澤、初美」，這些組合都是三角關係。不過，對村上春樹來說，「我和綠」、「我和直子」是平行的關係。

> 我的作品的主角幾乎都是陷於兩個世界之間，其一是現實的世界，其一是精神的（spiritual）的世界。現實世界的人沉靜、聰慧、自制、深謀遠慮。現實世界的人主動、富喜劇性、正面思考，且有幽默感。……（《挪威》的讀者）大多數會在直子與綠中選擇綠。主角也是當然選擇了她。儘管如此，他心靈某一部分還在那邊的世界，他無法捨棄那裡。那是他的一部分，是不可或缺的部分。所有的人類心中都有病。那病，是我們心中的一部分。如果我沒有擁有那不尋常的部分，或是沒有擁有生病的部分，我首先就不會存在這裡。換個說法，主角是被兩位女性支撐著的。只選擇哪一邊哪一個人，都是不行的。（*The Paris Review*，2004年，美國，頁220-221。線為筆者所加。）

川村推論「《挪威的森林》的原型，是以兩旁的兩株樹木來支持著搖搖欲墜般的出場人物們」，是在村上言明「主角是被兩位女性支撐」之前，卻也有部分吻合村上所述。只是，川村沒看透的，是村上所指「我和綠」、「我和直子」這平行的關係，也就是她們分屬於「這邊」和「那邊」的世界，而不存在於同一世界。至於村上春樹的譯者魯賓（JayRubin）教授似乎已看出了端倪。他提到：

渡邊對具有自戕傾向的直子的迷戀，帶出了介於「存在」與「不存在」、這個世界與封存在死亡和記憶中的另一世界之間的某種對比。（《聽見100%的村上春樹》，頁159）

不過，這種對比並不一定等於兩條平行開展的故事線。

關於《挪威》的閱讀方式，在加藤典洋和其研究團隊編著的《村上春樹イエローページ》（《村上春樹Yellow Page》，東京：荒地出版社，1996）中有了一大突破。他們推論這部敘事時間為1968年4月至1970年10月間的小說，其實中間有一年時間——1969年9月至1970年8月——是架空出來的，這段架空期間的敘事，幾乎都是「那邊」的世界發生的事。

加藤典洋等人認為，在《挪威》中，1969年暑假，「我」第一次旅行，花了兩個星期徒步從金澤繞能登半島一圈走到新潟，其實這時候直子已經自殺了，而不是小說中所說於1970年8月底自殺；事實上，這次旅行，就等於小說中敘事時間的1970年9、10月間，「我」在鳥取縣或兵庫縣北海岸自我放逐一個月的第二次旅行。也就是說，在敘事時間延續的兩次旅行之間的一年，其實是非realtime的敘事。內田樹在《當心村上春樹》一書中特別欣賞加藤等人的分析，他指出，這個被人們忘卻了的時間的扭曲，乃是為將「異界的人物」引入作品世界而準備得相當周到的一種文學裝置。

作為一部寫實的小說，《挪威》的確不能像《世界末日與冷酷異境》等作品一樣，以單數、雙數章交錯描寫兩個平行的世界。而村上春樹在與柴田元幸的對談中強調他的小說的時間性，某種程度也證明了加藤典洋等人的推論不無道理。

柴田：所謂寫實主義小說，會讓人覺得其中不會出現幻想、象徵的空間……

村上：是的，那是某種時間性般的東西不是嗎。換句話說，我寫的小說世界，大致上總是包含著兩個世界。這邊的世界和那邊的世界。《挪威的森林》那樣。例如直子所在的京都療養院的世界，那是那邊的世界，而綠所在的東京的世界，這是這邊的世界。簡單來說就是這樣。我的意識之中具有兩種時間性般的東西。這邊的時間性和那邊的時間性。具體來說，就是我所描寫的、作為舞台的限制在六〇、七〇、八〇年代的現實的時間性，以及超越這現實時間性的非realtime的時間性。因此我覺得這是寫實主義的小說。（*Eureka*，東京：青土社，1989年6月號）

無論再怎麼寫實的小說，終究還是虛構的作品。而村上透過《挪威》的書寫，展示了寫實主義小說的新可能。

寫實的「1Q69」？

「三角關係」與「兩個世界」，在村上的作品中並不少見。那麼，為什麼《挪威》要採用寫實主義的手法呢？在與河合隼雄的對談中，村上表示為了讓自己跨出寫作另一個大階段（繼《世界末日》之後），這時候必須扎實地學會寫實的文體才行，於是寫作了《挪威》。（《村上春樹去見河合隼雄》，台北：時報出版，頁56-7）村上春樹在〈《挪威的森林》的祕密〉的訪談中表示，《挪威》是「寫得好」（よくできた）的小說。雖然村上沒有明確說明到底是什麼寫得好，但魯賓認為這應該是表示村上挑戰文體成功；也可能是村上成功保留了過去的記憶。

到底，村上春樹所謂的「寫實主義」，定義是什麼？

> 所謂寫實主義就是如實地寫下現實發生的事。當然不必要是真有其事。只要人們讀了後覺得自然就好。即使寫了不自然的事情，人們讀了能覺得自然的話，那就是寫實主義。相反地，寫了真正的事情，讀起來不自然的話，那就不是寫實主義。這是我對寫實主義的定義。
>
> 拿《挪威》來說，細讀之下會發現很多不自然的地方。從那年代度過青春歲月的人的眼中看來，會認為某些事情是不可能的。不過讀著讀著會覺得真實、自然。那是因為賦予故事從現在這個時代看來的寫實。那就是寫實啊。沒必要是真有其事。只要讀來自然就好。（〈《挪威的森林》的祕密〉）

因此，超越實際時間的寫實描寫，或者把異界描寫得自然能讀，可以說是村上風格的寫實主義小說。村上指出，在日本有私小說的傳統，只要用第一人稱書寫寫實主義小說，會被認為都是私小說。儘管魯賓給予《挪威》肯定，認為（「《挪威》技法上最大的成就，或許就在成功利用自傳式的日本私小說傳統來完成全然虛構的作品。）」然而，由加藤典洋等人發現的那「架空的一年」

的敘事裝置來看，其實村上春樹已經改寫了日本文學寫實主義的定義，某方面可以說很接近魔幻寫實，而不僅超越私小說傳統而已。

在村上創作了《1Q84》之後，評論家土居豐提出了「1Q69」論，提供閱讀《挪威》的新觀點：

《挪威》的背景雖然設在六〇年代，但是用語等都是八〇年代。因此有人批評《挪威》不夠「寫實。」……我認為作者完全意識到這一點。如果將六〇年代末描寫為八〇年代風格，六〇年代末的東京，就變貌為奇妙的假想的城市，也可以說是變化成為「1Q69」的世界……。也就是說，村上在《挪威》中嘗試用寫實主義來寫平行故事。由此可見這樣的倒置：現實的東京其實是假想的，異界的阿美寮讓人覺得是真實的。然而，對直子來說，異界這邊才是真實的。當然對玲子而言也是。而因為Kizuki也是這樣的人物，他無法忍受現實的假想世界而自殺。由於渡邊也是接近異界的人，於是在最後一幕，他打電話給綠時便位於一個哪裡也不是的場所。(《村上を読むヒント》，東京：KKロングセラーズ，頁164-65)

《挪威》那架空的一年，若用「1Q69」這樣的觀點來描述，確實頗為貼切。「1Q69」的概念清楚顯示渡邊擺盪在綠和直子所代表的兩個世界，成為一個Nowhere man。"Nowhere Man"為披頭四的一首歌曲，以下將進一步詳述。

由於在寫實主義小說中仍然可看見超寫實的影子，也難怪村上不再書寫這樣的小說：

《世界末日與冷酷異境》要比《挪威》接近我本身的文體。以寫實的文體寫小說，我個人來說不太喜歡。若說我喜歡什麼，還是超寫實的文體。不過寫《挪威》時，總之就決定嘗試以百分之百的寫實主義手法來寫小說，這麼做是一種實驗，對我而言是必要的。(*The Paris Review*，美國，2004，頁198)

因為《挪威》對村上來說是「別的小說」，在他的作品中是唯一的孤立的小說。村上雖然是以寫實主義來寫，但那是因為想顯示那不是他的風格，他想儘早顯示這一點，想儘早從那裡逃出來。因此只過了一年就寫就了《舞．舞．舞》，這又是一部超寫實的小說。

《挪威的森林》的BGM

直子自殺了，渡邊最後打了電話給綠。到底渡邊與綠最後是否在一起呢？村上答道：

《挪威》必須確實地限定在那個時代。更極端地說，我並不想從那裡擴展延伸。我希望那個時代就在那裡結束。「我」和綠在那之後有何發展呢，我本人並不想去思考，也不希望讀者思考這個問題。或許這是奇怪的說法。因此對我來說，《挪威》是和其他小說完全不同的。……因此我沒有寫《挪威》的續集，也沒有寫補充的短篇小說。(*Eureka*，1989年6月號)

不過對於《挪威》尾聲那「我現在在哪裡呢」的神祕問句的意義，村上倒是提供了說明：

如果喜歡披頭四的人應該會理解，尤其是“Eleanor Rigby”和“Nowhere Man”這兩首歌的歌詞。(*par Avion* 雜誌，1988年4月號)

“Norwegian Wood”雖是披頭四的歌曲，但如前所述，《挪威》一書與披頭四的這首歌曲並無直接關係，不過《挪威》中出現十餘首披頭四的歌，整部小說幾乎從頭到尾繚繞著披頭四的歌聲，小說的BGM（Background Music）幾乎和披頭四歌曲畫上等號。其中包括村上春樹在羅馬及希臘的島上寫作《挪威的森林》時，反覆聽著的“Sgt.Pepper's Lonely Hearts Club Band”。前面村上提到的“Eleanor Rigby”和“Nowhere Man”，也曾經在小說中出現。值得注意的是，披頭四的歌曲全部出現在直子與玲子所在的那邊的世界。

“Eleanor Rigby”一曲描寫Eleanor Rigby這位孤單死去的女性，其中也提及主持Eleanor Rigby葬禮的一位神父，說教並沒有人在聽、沒有拯救任何人。歌曲一開場就重複了兩次I look at all the lonely people，而副歌部分更重複三次All the lonely people/Where do the y all comef rom?/All the lonely people/Where do they all belong?.... 其中lonely一字頻繁出現，歌曲主題不言而喻。玲子到東京找渡邊時一口氣彈唱了五十一首曲子，這是倒數第三首。

至於“Nowhere Man”中則唱道：(Nowhere man)Doesn't have a point of view/Knows not where he's going to/Isn't heabit like you and me?....He's as blind as he can be/Just sees what he wants to see/Nowhere man can you see me at all? 這英文歌詞並不難懂，而將歌詞中呈現出來Nowhere man的形象，對應到自問「我現在在哪裡呢？」的渡邊，或許可以解釋當時渡邊徘徊在前述的兩個世界中，不知何去何從的迷惘。

以上這兩首隱藏著《挪威》最後一幕寓意的歌曲，主題都非關男女感情，基本上反映披頭四對人間的觀察，虛無感無所不在。不過，在"Nowhere Man"的尾聲也有這麼一段：Nowhere man,please listen/You don't know what you're missing/Nowhere man the world is at your command——「Nowhere man，請聽我說，你不知道你錯過什麼，Nowhere man，世界在你的掌控中」，或許，這是村上未曾在小說中點明的正面積極的意義，也提供閱讀《挪威》的一個新的視角。

張明敏

美國哥倫比亞大學教育哲學碩士、高雄第一科技大學應用日語碩士、輔仁大學比較文學博士。曾任日本東京大學文學部外國人研究員。曾獲台北文學獎、香港青年文學獎翻譯文學獎、日本交流協會獎助。著有《村上春樹文學在臺灣的翻譯與文化》等。現為健行科技大學應用外語系助理教授。

中國的《挪威的森林》

藤井省三
張明敏（譯）

一、南京的高級華廈「挪威森林」

2005年，在中國古城南京郊區江寧區將軍大道三十三號，矗立起高級華廈群「挪威森林」。六萬兩千平方米（約合18,755坪）的建地上，蓋了十七棟、總建築面積達十萬平方米的中層、高層華廈，共八百一十七戶。每戶面積為九十一平方米（約合27.5坪）到一百八十五平方米（約合56坪）不等，每一平方米（0.3025坪）的價格為六千一百二十元人民幣（約合兩萬八千元台幣）。根據建商的網頁所載，這個華廈建案名為「挪威森林」，是因為鎖定七〇年代出生的購買層：

七十年代是斷裂的一代，傳統與現代分野，理想與現實衝撞：七十年代是很難被定性的一代，這個年代人的一切美感皆來自於矛盾性——藐視所謂的真理，卻對真理心存熱望；不願意遵守規則，又人人都有自己的規則；表面平和，內心熱；不相信一見鍾情，又寧肯做愛情的信徒，雖然有些輕微的憂傷，但整體保持著健康悅耳……青春與責任，迷惘與焦慮，甜蜜的憂傷與內斂的快樂。(2010年10月11日查閱，http://newhouse.house365.com/list-499/)

南京大學外語學院的高虹在論文〈樓盤「洋名」現象的模因學分析——以南京樓盤「挪威森林」為例〉中指出：

> 從甲殼蟲樂隊到村上春樹，從經典情歌到時尚小說，「挪威森林」逐漸演變成一個強勢模因。異質性和新鮮感讓它得到關注；「同一化」的解讀又讓它在極短時間內完成了從陌生到崇尚的過渡。無論是爵士樂，還是義大利麵，城市新貴們紛紛仿效村上式生活，「挪威森林」成為一種符號，成為時尚生活的標誌；為了迎合這種心理，城市中的新樓盤開始被命名為「挪威森林」，最早是在南京，後來又在深圳、廣州、北京和瀋陽相繼出現。在古城南京，「挪威森林」於2005年出現於江寧區翠屏山下。儘管在立項書和購房合約上，小區的標準名稱都是「詩丹名苑。」可是，從樓書，到廣告，再到小區標識，無一例外的使用了「挪威森林。」它既是國內第一片「挪威森林」，也是南京市首家以年代歸屬感為推廣策略的樓盤，把出生於上世紀七十年代的人作為推介重點。樓書中赫然寫到，「挪威森林，是村上文字中的追問和憂傷……它天生靈性，懂得與氣質相投的人彼此回應。」

在「挪威森林」仍持續被符號化的中國，小說《挪威的森林》是如何被閱讀的呢？

二、村上文學中的歷史記憶與魯迅的影子

村上春樹是將「日本的現在」置於東亞的時間與空間中的作家，他本人成為東亞共通的現代文化、後現代文化之原點。村上文學的主角反覆追循著東亞歷史記憶而進行大大小小冒險。在村上的處女作《聽風的歌》（1979，以下略稱《風》）中，「我」對「傑氏酒吧」的老闆提起死於上海郊外的叔叔，是因為「戰爭結束後兩天，踩到自己埋的地雷」而死亡的。而溫和聽取這段往事，並說「哦……死掉各式各樣的人啊，不過大家都是兄弟」的中年老闆「傑」，是個中國人。事實上，在發生韓戰及越戰這些中美兩國激烈衝突的年代，「傑」曾在日本的美軍基地工作。「傑」的這段過去，在「我」及其好友「老鼠」與滿洲國亡靈對決的小說《尋羊冒險記》（1982，以下略稱《羊》）中曾清楚說明。

長達三部的《發條鳥年代記》（第一部初版1992，文庫本發行1997）是追憶諾門罕事件和滿洲國記憶的小說；而《海邊的卡夫卡》（2002）和《黑夜之後》（2004），舉例來說，在香港是被視為「呼籲日本人反省潛在於內心的暴力種子」這樣的作品。

此外，村上春樹似乎在高中時代即愛讀魯迅作品，此後即和魯迅之間有了深刻的關係。特別是「阿Q」形象，它是村上承繼自魯迅的主要主題。例如村上在嘗試書寫正式的文藝評論《給年輕讀者的短篇小說導讀》（1997）一書時，即觸及阿Q並提出尖銳的批評。本來村上即寫過以「Q氏」為主角的短篇小說〈沒落的王國〉（1982），而在新作《1Q84》第三部中，與「青豆」、「天

吾」共同挑起全書大樑的「牛河」，從他的容貌、個性、境遇乃至於其姓名，皆可謂是阿Q的直系親族。順道一提，若將「牛河」兩字顛倒作為「河牛」，日文的發音為「Kagyu」，和「阿Q」的羅馬字標音「Akyu」類似。諸如此類變化字母（anagram）的結果，顯然可說是村上式的幽默。

另一方面，在中國、香港、台灣的華語圈中，以《挪威的森林》出版為契機而造成村上文學的大流行；由已達四分之一世紀的村上文學接受歷史來看，可以歸納出「逆時針法則」、「森高羊低」等四大法則。關於這一點，我在拙作《村上春樹心底的中國》（朝日選書，2007；台北時報出版，2008，張明敏譯）中已曾詳細說明。因此本文內容以在中國的《挪威的森林》（以下略稱《森》）之接受狀況為重點，尤其偏重於介紹《森》發行滿二十週年（2007）之後近四年來的接受狀況。

三、由1987-2010年的村上春樹相關報導觀察第三次熱潮

中國的CNKI（中國期刊全文數據庫）為蒐羅七千六百多種雜誌所刊一千七百五十萬篇文章的全文檢索資料庫，規模堪稱世界之冠。收錄資料的年限雖然溯及1994年為止，實際上仍有許多雜誌資料可追溯至1979年。若在此一資料庫中利用「題名」、「關鍵詞」、「全文」三種檢索項目來查詢「村上春樹」與「挪威的森林」，藉之統整這四分之一世紀以來每年度的接受狀況，所得的村上春樹相關報導篇數統計表如下：

	村上春樹題名	關鍵詞	全文	《森》題名	關鍵詞	全文
1987	0	0	4	0	0	1
1988	0	0	6	0	0	5
1989	0	2	9	0	0	2
1990	1	2	8	0	0	4
1991	0	0	2	0	0	4
1992	0	0	2	0	0	3
1993	0	0	6	0	0	6
1994	1	4	10	1	2	16
1995	0	1	7	1	0	7
1996	0	4	10	0	1	10
1997	2	15	15	1	1	13
1998	4	9	22	0	1	16
1999	3	9	28	0	3	15
2000	2	12	41	1	4	26
2001	13	46	99	3	13	74
2002	9	66	185	14	29	132
2003	14	76	240	7	33	160
2004	5	61	236	7	19	124
2005	15	50	219	9	6	136
2006	14	58	254	14	6	156
2007	16	96	340	20	7	185
2008	30	94	339	19	8	177
2009	31	105	322	18	12	159
2010	22	70	201	11	8	93
1987-2010 累計	182	780	2605	126	153	1524

（2010年10月7日之調查結果）

村上春樹最早被介紹到中國，是刊登於1986年2月發行的雜誌《日本文學》上的文章，其內容原封不動地轉載自半年前在台灣《新書月刊》上刊載的村上春樹特輯。不過，或許因為《日本文學》創刊於1982年，後於1988年停刊，CNKI上並未收錄該刊資料，因此以CNKI檢索的村上春樹相關資料，皆為1987年以後刊載之文章。此外，《當代體育》這本運動雜誌上以〈挪威的森林 John Arne Riise〉為題，內文則介紹挪威出身的足球選手里瑟（John Arne Riise）（注1），諸如此類的文章僅在標題的一部分或本文中某一句使用「挪威的森林」做為引子，與村上春樹文學並無直接相關，為數並不少。甚至自然科學方面的雜誌，也能查詢到內文確實是與挪威的森林相關的報導。考量此類特例的同時，分析前列圖表則可得到以下四點推論。

第一、「挪威的森林」與「村上春樹」的檢索項目，以題名、關鍵詞、全文三項來看，其比率分別為69:100、20:100、59:100，「挪威的森林」所得比率數值相當高。由此可以推測中國村上熱潮的發生，主要是源自於對《森》的高度關注。

第二、《森》簡體中文譯本在中國大陸發行的日期為1989年7月，亦即在悲慘的六四天安門事件發生之後的一個月。出版公司雖然意圖以情色小說類型來促銷《森》，但在民主運動中受挫的學生們則將《森》當作療傷文學來閱讀，與出版公司之意圖相左，這可說是因為「後民主運動法則」運作之結果。而學生們對《森》的共鳴並不能公然發表在雜誌等刊物上，也因此1989年在中國的第一次村上熱潮，和台灣相較之下以小規模告終。

第三、1998年，《森》一書突然在上海暢銷，追上了1980年代末的台灣與1990年代初的香港的《森》熱潮，這波上海的「村上現象」蔓延到了北京，由此可見「逆時針法則」的成立。不過要到2001年，前述圖表中村上春樹題名欄篇數才升格為兩個數字，關鍵詞欄由12變成46，全文欄則從41激增至99。可見在雜誌媒體上，「村上現象」比讀書市場的村上熱潮還要晚三年。

第四、自2002年到2006年，各個檢索項目的數目都比較穩定，至2007年後則再呈現增加的傾向，主要原因在於雜誌媒體強調《森》出版二十週年，同時《森》的題名檢索項目也在同年達到20這一大關，亦可推測這是繼1989年的第一次熱潮、1998年的第二次熱潮後而產生的第三次熱潮。

有關1986年到2006年為止在中國的村上春樹接受情況，拙作《村上春樹心底的中國》中已有詳述，因此下節即根據CNKI的檢索論文內容來介紹2007年以後發生的《森》熱潮。

四、2007年《森》出版二十週年之第三次村上熱潮

根據前述村上春樹相關報導的統計圖表所示，自2007年起到目前為止未滿四年的期間，在中國，報導題名中出現《挪威的森林》者總計達68筆（以其為關鍵詞的報導為35筆，全文中觸及《森》的報導為614筆）。根據日本國會圖書館的資料庫「雜誌記事索引」，同時期以「挪威的森林」為題名的報導有32筆（以「村上春樹」為題名的報導有143筆），僅只比較這樣的數值，就不難想像得到中國讀者對《森》關注的深度和廣度吧。我參考下載CNKI相關報導時所附錄的「摘

要」，閱讀了題名中含有《挪威的森林》的報導中約三分之一的論文、散文（22筆）。其中一部分雖然採用論文的體裁，實則為重複在中國已經多次論及的評論與感想（此一傾向在前述之拙作中已進行分析）。然而，大部分文章是新的評論嘗試，也有以中國獨特的、在日本也少見的視角寫就的《森》論。本節即介紹三篇針對《森》的性描寫為中心的討論。

發表於2007年4月的〈我讀《挪威的森林》〉，作者白燁可能就是中國政府的智庫——中國社會科學院的教授白燁（1952-）。這篇散文是只有二頁的短文，但除了介紹村上是「八〇年代的夏目漱石」，並且以「通過曲折悱惻的愛情故事，揭示現代社會給少男少女帶來的青春的迷惘」的視點，說明渡邊、直子與綠的三角關係；最後在結論中表示：「只要是認真去讀《挪威的森林》這本書，無論是文學專業工作者還是廣大文學愛好者，都能夠或多或少地從中得到與自己有益的東西。」刊載本文的刊物為《深交所》（*Shenzhen Stock Exchange*），我推測這是深圳證券交易所發行的雜誌。這顯示在中國，即使是證券交易員或投資者似乎也在關注村上春樹的作品。

即使如此，在這樣四平八穩的《森》論中，文藝評論家兼文藝書籍編輯白燁特別指明：「至於書中有關渡邊同多人的性愛關係，也不能簡單地視之為『亂愛』。因為它不只是開放社會中少男少女青春萌動的結果，它還反映了一個更為深刻的意味。」這一點是耐人尋味的。不過白燁所謂「深刻的意味」，是指渡邊同時愛著直子和綠這兩人的「矛盾」，如果僅止於柏拉圖式戀愛的話，未必會是「同多人的性愛關係。」

其實在中國的大學紀要等刊物刊載的《森》評論，很多都冷淡看待「亂愛」這一點。例如近四年來的這段期間，弋慧莉、徐立偉、孫洋合著的〈掙脫與迷失——從《挪威的森林》看日本戰後二十年社會狀況及青年民眾心態〉(《遼寧行政學院學報》2008年第6期)一文中，在結尾部分指出：

最後不得不提到性愛了。二戰後六十、七十年代嬉皮士文化的傳入，對性愛觀念本來就十分大膽的日本也是不小的衝擊。……嬉皮士他們否定既有的社會制度、物質文明、性觀念等，尋求直接表達愛的方式的人際關係。……而日本的傳統性觀念，並沒有我們想像中那麼保守，性愛作為一種感官享樂，被傳統的大部分日本人所接受，據赤松啟介的研究，當時日本農村的男女到了十二、三歲，便在「前輩」指導下開葷性交，然後互換伴侶，甚至「殺全家。」日本農村的結婚只是形式，男女婚後仍然可以與其他人「夜這」(注2)。「夜這」是正常的社交生活，沒有什麼好羞愧的。這就直接的衍生了《挪威的森林》中對性肆無忌憚的描寫，另一個角度日本人的性欲愉悅並非來自自身的享受而是來自弱者的痛苦，從中可以反映出日本人等級觀念對集體潛意識的影響，對等級制度的厭惡不是反映在對等級制度本身的反抗而是試圖將其施加給更為底層的個體、並在這種壓力轉換中獲得舒緩和愉悅；這就更加足以證實，文本中對於六十年代青年們之間的畸戀，非倫理性愛的敘述與展示。

所謂「赤松啟介的研究」，可能是指《夜這的性愛論》(夜這いの性愛論)。生長於大阪近郊農村的赤松啟介(1909-2000)，於該書中描寫自己小學畢業後到大阪市內做小學徒時，目擊到「夜這」的個人體驗。從這種個人經驗談來對應日本農村整體，是相當草率的推論。採用民俗學的研究成果來討論《森》是可取的，但將六〇年代的嬉皮文化與赤松啟介的「夜這」體驗或「夜這」調查所述的習俗直接連繫起來，實在相當武斷。文中論及「日本人的性欲愉悅並非來自自身的享受而是來自弱者的痛苦」的見解，或許意指永澤源於欲望和處心積慮進行漁獵女性的行為，但詳細原委並不清楚。

針對《森》的「亂愛」的討論，中國的評論區分為如白燁認為是「青春萌動」的肯定派，以及如弋慧莉等人主張「非倫理性愛」的否定派。那麼，年輕讀者是怎麼想的呢？一位高二學生鍾雨樺，在刊登於以高中生為對象的雜誌《閱讀與作文（高中版）》（2007 年第11期）上的散文〈我們這樣近我們這樣遠——讀《挪威的森林》〉中寫道：

直子、木月還有渡邊、永澤仍在陰暗的泥沼中孤獨地掙扎，背負著人生的十字架匍匐在苦難的生命中。心的絕望又有什麼可以醫治？只不過有人選擇離開，有人選擇堅強地留下。在那令人窒息的沉默空間裡，我給予他們的只有我的同情、喜歡和敬意。

對於《森》一書中出場的同世代年輕人產生深刻共鳴的鍾雨樺，雖然沒有直接提及有關性的描寫的部分，但對故意「亂愛」的永澤也進行了細膩的觀察與分析：

永澤是一個十分特別的人物，他可以春風得意地率領眾人長驅直進，而內心卻比其他人絕望得更加厲害，因為他對這個社會認得更清一些，對自己也看得更清一些，一旦他意識到這點，他便不再迷惘，轉而採取了一種遊戲人生的態度。他要在這個不正常的社會中發揮自己最大的才華。看看自己到底能爬到什麼位置，他或許比直子、木月更不正常，但他卻有本事將自己不正常的地方整理歸納，形成系統，然後有序地前進，因為他的意志極其的堅強，所以他比其他任何人都遊刃有餘。

與前述的肯定與否定兩派評論相較之下，這位高中生似乎更能深刻理解《挪威的森林》中「亂愛」的意義。順道一提，這名高中生就讀的武義第一高中，位於距離上海西南方三百公里的浙江省武義縣，位於內陸盆地，是人口三十萬的農業縣。閱讀《森》一書，現在不只是上海、北京這類大都市年輕人的特權，農村地區高中生也能享受閱讀它的樂趣。

今年十月八日，挪威的諾貝爾和平獎委員會頒獎給因民主運動而入獄的民運人士劉曉波。根據我熟識的中國記者表示，對此感到憤怒的南京「愛國青年」，發起了杯葛挪威製品的運動。為了呼應此一活動，一位市民焚燒了《挪威的森林》，不過被旁人阻止。這起焚書事件是因單純的誤解而導致呢，還是也意味著對高級華廈的反感呢，或者是抗議中日戰爭期間日本軍隊在南京進行大屠殺呢？詳細情形並不清楚。不過，一本名著被如此符號化，是令人遺憾的事。

注：

1. 參照《當代體育 Modern Sports》2010年11期，雨人〈挪威的森林 John Arne Riise〉：這不是披頭四的

〈挪威的森林〉，也不是那本青春戀愛小說《挪威的森林》，而是一個永遠不知疲倦奔跑、腳法威力如同炮彈的戰士，他就是里瑟。

2. 譯注：（即「夜這い」（よばい），指以發生性關係為目的，夜半前往他人住處的行為。通常是男性前往女性住處。）

藤井省三（FUJII Shozo）

1952年生於東京。東京大學文學部教授。日本學術會議會員。著有《魯迅事典》（三省堂）、《魯迅與日本文學——從漱石、鷗外到清張、春樹》（東京大學出版會）等書。中文出版的著作有《魯迅「故鄉」的閱讀史》（董炳月譯．南京：南京大學出版社）、《臺灣文學這一百年》（張季琳譯．台北：麥田出版）、《村上春樹心底的中國》（張明敏譯．台北：時報文化）、《中國語圈文學史》（賀昌盛譯．南京：南京大學出版社）、《隔空觀影：藤井省三華語電影評論集》（葉雨譯．北京：世界圖書出版公司）。

張明敏

美國哥倫比亞大學教育哲學碩士、高雄第一科技大學應用日語碩士、輔仁大學比較文學博士。曾任日本東京大學文學部外國人研究員。曾獲台北文學獎、香港青年文學獎翻譯文學獎、日本交流協會獎助。著有《村上春樹文學在臺灣的翻譯與文化》等。現為健行科技大學應用外語系助理教授。

真正存活的只有沙漠本身：村上春樹《國境之南．太陽之西》

伊格言

類同於《挪威的森林》，《國境之南．太陽之西》是村上春樹長篇中奇幻色彩較淡薄之一部（較諸其餘重要長篇如《世界末日與冷酷異境》、《1Q84》、《海邊的卡夫卡》等等，此點十分明顯）；換言之，也就是近乎毫無疑問向寫實之一端傾斜。然而一無意外，全書中唯一的奇幻成份為情節之重大關鍵——那裝著十萬日圓的信封。十萬日圓的信封是怎麼來的？說來話長：獨生子男主角阿始一生中有三個女人——小學時期的青梅竹馬島本（也是位獨生女，曾罹患輕微小兒麻痺，故有些許跛腳，拖著一條腿走路），中學時期的初戀情人泉，以及妻子有紀子。這中間穿插了一位泉的表姊——小說中連姓名也沒有——儘管正和可愛的初戀情人泉談著戀愛，但高中生阿始在偶然的機會裡見到泉的表姊，便深深被吸引。這所謂「吸引」幾乎全然無涉於人類的情感層面，而單單以「暴風雨般之性驅力」的形式呈現。於是在阿始劈腿期間，他和這位表姊的幽會是這樣的：

> 我和那位泉的表姊從此以後的兩個月之間，腦漿都快溶掉似地激烈做愛。我和她既沒去看電影，也沒去散步。既沒談小說、談音樂、談人生，也沒談戰爭、談革命，什麼也沒談。我們只是

性交而已。當然我想輕微的寒暄之類可能是有的。不過到底說了什麼幾乎都想不起來。我們記得的，只有在那裡的一些瑣碎的具體東西的印象而已。放在枕頭邊的鬧鐘，掛在窗上的窗簾，桌上的黑色電話機，月曆的照片，床上她脫掉的衣服。還有她肌膚的氣味，和那聲音。我什麼也沒問她，她也什麼都沒問我。

除了真正必要的時候，我們連吃喝都免了。我們只要一碰面，幾乎連口都沒開就立刻脫衣服，上床擁抱，做愛。那裡沒有階段，也沒有程序。我在那裡所提示的東西只有單純的貪慾而已，她可能也一樣。我們每次見面都性交四次或五次。我是名副其實地精液耗盡為止，激烈得龜頭都脹起疼痛。不過雖然那麼樣的熱情，雖然互相感受到那麼激烈的吸引力，但彼此腦子裡都沒有想到過自己已經變成了男女朋友，以後能不能長久幸福地在一起之類的事情。對我們來說，那是所謂龍捲風似的東西，終究是要過去的。

純粹的，壓倒性地性吸引。然而島本是個對立面。或許每個男人的一生中，都會遇見除了紅玫瑰和白玫瑰之外的第三個女人，類似島本這樣的女人——一位同時兼作心口之硃砂痣與床前明月光的女人。這樣的女人，久了不會是蚊子血，不會是飯黏子（而其紅與白之純色一如往常，豔麗鮮明而永無褪淡之日），永遠地嵌入了人們的思緒和記憶之中，絕對且無可妥協地存在著。出之以島本所言，那是種「不存在中間性」的存在；以《蒙馬特遺書》為例，一切都「非如此不可」（沒有餘地，沒有選擇，除了將刀鋒刺入心臟之外別無他法）——在「不存在中間性」的地方，「中間」也不存在。

島本這般的女人，島本這般的情感。村上春樹顯然是個「牽手控」——他相當喜歡牽手的感覺，於是，無論《國境之南》中的阿始與島本，抑或《1Q84》中的青豆和天吾皆如此：他們總在童年時期，在對於「愛」這件事（愛：這世間，曾存有過這樣的情感，曾讓你在瞬間感受到自己絕對的不完整，感受到生命本然的孤獨，感受到對對方「非如此不可」的劇烈激情）尚且懵懂無知之時，便經歷了類似事件：男孩和女孩牽著手，感受到對方那毫無保留的，誠摯的溫柔。然而殘忍的是，這樣的事，所謂「愛」——來自於那絕對的女人——幾乎全無道理可言，完全依賴機運。也因此，得之我幸，不得我命。在小學畢業，與青梅竹馬的島本分離之後，阿始獨自上了中學，展開與泉的初戀，並因與泉的表姊之劈腿關係而深深傷害了泉。其後，於漫長而乏味的大學與職場生涯之後，阿始遇見了妻子有紀子，生了個女兒，經營爵士酒吧；並終究在酒吧中與島本重逢。

是的，《國境之南．太陽之西》確實就是個外遇故事；但阿始和小三島本之間存在著貨真價實的愛情，如假包換（有紀子，我們回不去了）。正是在這樣的氛圍下，「十萬日圓信封」的由來在整本書的寫實基調中顯得虛幻無比——事實上，在與有紀子結婚之前，在那漫長乏味的職場單身生涯中，阿始曾在街頭巧遇島本——他先是看見了一位拖著腿走路的女人，背影與島本一模一樣；而後，彷彿被不知名的魔魅力量所控制，他不由自主地跟蹤島本跟蹤了一段時間。他始終沒能確認那是否就是島本。然而，跟蹤尚未結束，突然有個男人抓住了阿始的手臂，交給他一個白色信封，警告他不要插手，也不准追問任何事；而島本就在此刻上了計程車，消失在人群中（這麼一消失，再出現就是八年後的事了，唉）。阿始茫然收下白色信封，事後打開一看，信封裡裝著十萬圓。而這個信封，被阿始慎重的收藏在一個絕對安全的地方。

八年後，在兩人僅有的一夜纏綿之後，阿始與島本的外遇以島本再度失蹤作結——阿始已下定決心放棄家庭，兩人結伴前往他位於箱根的別墅；然而一宿過後，早上醒來時，島本已不見人影，別墅中甚至缺乏島本曾存在過的任何痕跡。阿始悵然若失，獨自開車返回東京，與妻子有紀子分房，重新思索這場既短暫又漫長的外遇：

接下來的兩星期左右，我繼續住在無止無盡的記憶重現中。我一一想起和島本度過的最後一夜所發生的每一件事，努力去想那其中是不是有什麼涵義，試著從裡面讀出什麼訊息。我想起抱在我手臂中的島本，想起他伸進白色洋裝下的手。想起納金高的歌，和暖爐的火。試著再現她那時嘴裡說過的每一句話。

「就像剛才說過的，對我來說中間是不存在的。」島本那時候說。「我心目中是沒有中間性的東西的，在中間性的東西不存在的地方，中間也不存在。」

「我已經決定了，島本。」那時候我說。「妳不在的時候，我考慮了很多次很多次，然後我已經下定決心了。」

我想起坐在車上島本從助手席一直看著我時的眼睛。那含著某種激情的視線，彷彿還清晰地烙在我的臉頰似的。那或許是超越視線之上的東西吧。那時候她所散發著的類似死亡氣息的東西，現在我可以清楚地感覺到。她本來是打算要死的。很可能她是為了和我兩個人一起死，而到箱根去的。

「而且我也會要你的全部噢。全部噢。你知道這意思嗎？你知道那意味著什麼嗎？」

這樣說的時候，島本是在要求我的命。現在，我才明白。就像我拿出最後的結論一樣，她也拿出最後的結論。為什麼我那時候沒有聽懂呢？也許她打算和我擁抱一夜之後，在回程的高速公路上，把BMW的方向盤一轉，兩個人一起死掉。對她來說，我想除此之外或許沒有其他的選擇了。但是由於某種原因她打消了這個念頭，然後把一切謎團吞進肚子裡，自己消失了蹤影。

換言之，島本是個「將死之人」，或至少是一「與死有關」之人（這點在島本親手將小孩的骨灰撒入流往日本海的溪流中時亦已獲得確認）——《挪威的森林》：「死不是生的對立面，而是生的一部份。」然而或者因為個人歷史，或者因為脾性，或者因為其他因素，對於島本而言，「中間性不存在的地方，中間也不存在。」島本已選擇拒絕將死亡納入生命之中——由是，並沒有摻和在「生」之中的「死」；在某些時刻，我們只能義無反顧地被拋擲向死亡的一端——那即是「太陽之西」，正如阿始的高中同學所說，「真正存活的只有沙漠本身」：

「小學時候不是看過華德迪斯奈的電影《沙漠奇觀》嗎？」

「有啊。」我說。

「就跟那個一樣。這個世界就跟那個一樣啊。雨下了花就開，雨不下花就枯萎。蟲被蜥蜴吃，蜥蜴被鳥吃。不過不管怎麼樣，大家總有一天都要死。死了就變屍體。一個世代死掉之後，下一個世代就取而代之。這是一定的道理。大家以各種不同的方式活，以各種不同的方式死。不過那都不重要。最後只有沙漠留下來。真正活著的只有沙漠而已。」

沙漠是什麼？理論上，除了石礫與風沙之外空無一物。但且慢，真是如此嗎？並不盡然，因為儘管乾枯無比，沙漠自有其生態系，有仙人掌，響尾蛇，或其他形形色色的蟲、蜥蜴或鳥。然而在時間洪流中，各種活體，各種「生之靈」終將化為死屍——那是沙漠的自然律；當然，在村上春樹筆下，在《國境之南‧太陽之西》中，必然也是生命的自然律。世界的本體論：虛無。是的，《國境之南》的主題，其實正是虛無，以及對虛無的愛與賤斥，擁抱或疏離，接受或不接受。也唯有如此，我們才能正確解讀島本的「存在」：這位阿始的青梅竹馬（與阿始同為獨生子女），三十七歲，有著迷魅笑容的美麗女子，或許自始至終（或至少自童年分別之後），無論是在小說的寫實意義或象徵意義上，極可能只是阿始心中的幻影。於島本失蹤之後，白色信封亦隨之消失，甚至未曾留下任何有關於她的存在痕跡。仔細檢視《國境之南》所有關於女主角島本的細節，自這場外遇伊始（由島本首次出現在阿始的爵士酒吧起算），作者村上幾乎未曾描寫島本與其他角色間（除了阿始本人之外）較長時間的互動——包括爵士酒吧的員工。島本的現況，島本的背景，島本的個人歷史，都被那充滿神祕感的，樹海迷霧般的話語或死亡意象所隱蔽了。然而矛盾的是，唯有在與島本相處的當下，或正回味著與島本相處的任何細節之時，阿始方才感覺自身存在之重量（「接下來的兩星期左右，我繼續住在無止無盡的記憶重現中」）。而如此真實的情感所伴隨的唯一物證（裝著十萬日圓的白色信封）卻已然消失。桶中大腦。真正存活的，只有沙漠本身。虛無。

藉由此一外遇故事，村上想訴說的極可能是，「存在」僅有二種可能，一種是虛無，另外一種則是「懷抱著人生終將被救贖的妄念，再無可迴避地撞上虛無本身」——當然，在撞上虛無的同時，妄念也終將粉碎。那正是太陽之西，西伯利亞歇斯底里。而後者更能彰顯虛無（作為生命的本體論）的巨大力量：虛無是真正絕對的存在，「沒有中間性」的存在。而生而為人最大的悲哀在於，即使在某些時刻我們可能暫時擁有某些絕對性的事物（例如島本，例如那熾烈而令人粉身碎骨的愛，例如其他任何「不存在中間性」的事物），但在無比強大無堅不摧的沙漠面前（虛無面前），那終究只是捉摸不定的片刻，只是腦中稍縱即逝的蜃影。

這就是《國境之南．太陽之西》：真正存活的，只有沙漠本身。

伊格言

1977年生。國立台北藝術大學講師。《聯合文學》雜誌2010年8月號封面人物。曾獲聯合文學小說新人獎、自由時報林榮三文學獎、吳濁流文學獎長篇小說獎、華文科幻星雲獎長篇小說獎、台灣十大潛力人物等等，並入圍英仕曼亞洲文學獎、歐康納國際短篇小說獎、台灣文學獎長篇小說金典獎、台北國際書展大獎等。獲選《聯合文學》雜誌「20位40歲以下最受期待的華文小說家」；著作亦曾獲《聯合文學》雜誌2010年度之書、2010、2011、2013博客來網路書店華文創作百大排行榜等殊榮。曾任德國柏林文學協會駐會作家、香港浸會大學國際作家工作坊訪問作家、中興大學駐校作家、成功大學駐校藝術家、元智大學駐校作家等。著有《噬夢人》、《你是穿入我瞳孔的光》、《拜訪糖果阿姨》、《零地點GroundZero》、《幻事錄：伊格言的現代小說經典十六講》、《甕中人》等書。作品已譯為多國文字，並售出日韓捷克等國版權。本篇也收入於《幻事錄：伊格言的現代小說經典16講》。臉書：www.Facebook.com/EgoyanZheng，或搜尋「伊格言」。

那些《沒有女人的男人們》教我的事：村上春樹新作短評

蔡雨杉

1 男人何以命苦？

身邊的女人總是莫名消失，村上作中的男主角們似乎都不明就裡，滿不在乎。這次男人們終於開始，好好直視自己的傷口，思考男人何以命苦？村上也為自己的這個轉變，難得地做了註解。除了《開往中國的慢船》不滿二百字的短序和《挪威的森林》後記之外，村上破例為自己的作品做長篇的解說。他說，「或許是多餘的事，但我想以『業務報告』的方式，在此記下幾個事實。」他說，小說是先有「沒有女人的男人們（女のいない男たち）」這個主題，村上當時的心情是想「把這個關鍵詞當作一根柱子，以圍繞那根柱子那樣的方式，寫一系列的短篇小說」的。

新作收錄了六個短篇。其中四篇在《文藝春秋》、一篇刊在他的英文翻譯家好友柴田元幸創辦的《MONKEY》，單行本再加上新寫的〈沒有女人的男人們〉。雖然在連載期間便有反響，甚至是「抗議」，如《產經新聞》報導，因為文中涉及北海道某村落實際地名，並有失當形容，遭居民抗議（已於單行本中修改）。但是單行本受矚目的程度依然不減。

《日經 TRENDY（日経トレンディ）》網路版，五月十二日的「本週話題書」專欄介紹，發售當天首刷即高達三十萬冊，而深夜倒數開賣的活動也成了好幾家書店的慣例。死忠的村上狂甚至已經開始尋訪小說的舞台了。

法國文學評論家鈴村和成在五月四日《產經新聞》上，評為「輾轉人生的破局」，全書架構在引用自己作品的網絡之中。他指出，〈沒有女人的男人們〉是延續了〈貧窮叔母的故事〉（收錄於《開往中國的慢船》）的後設敘事語調；而〈木野〉則是引用了〈Drive My Car〉中的南青山的酒吧（熟悉村上生平的讀者當然也知道他的事務所在這一帶）。

《朝日新聞》記者都築和人則報導新宿・紀伊國屋書店的新作首賣，四月十八日零點排隊買到書，八點就上傳讀後感到網路版上了。他引用了〈沒有女人的男人們〉中男人們的感慨，「這是多麼難過的事，多麼心痛的事，這只有沒有女人的男人們才能理解」，認為本書探究這種像是「永遠失去了十四歲時的自己」的悲切痛苦，無疑是在向黑暗深邃的心靈森林步步逼近。

2 逝者已矣乎？女人們到哪裡去了？

村上小說中，女人們的消失常作為懸疑要素之一。那可能是《發條鳥年代記》和〈電視人〉中失蹤的妻子、《國境之南・太陽之西》重逢後又失蹤的島本、《1Q84》中被失去的恭子、《沒有色彩的多崎作和他的巡禮之年》中死於非命的白妞。而遭遇如此情勢，作品中的男人們似乎總是摸不著頭腦，搞不清楚問題所在，顯露出無關緊要或不露一絲哀傷。

新作中登場的男人一開始皆帶有這種典型性格。其一是〈Drive My Car〉中妻子外遇又病歿後的男演員「家福」依然獨自過活；〈Yesterday〉中操關西腔的關東男人「木樽」對100%女孩的逃避；〈獨立器官〉中風度翩翩感覺良好，遊走於人妻之間不帶真感情，卻從不敗露的醫師「渡會」；〈一千零一夜〉過著隱匿生活的「羽原」，不投入太多感情，卻著迷於女人常訴說自己前世是八目鰻等天方夜譚，而害怕失去對外唯一窗口的女人；〈木野〉對妻子外遇不做激烈反應而默然離開的「木野」等等都是如此。

然而當有天，男人身邊失去了女人，女人卻成為男人的陰影隨形。在五月十一日的《東京新聞》上，文藝評論家伊藤氏貴把新作當作現代啟示錄，認為這些男人都深愛過一個女人，並且竭盡力氣去面對女人出走後的失落感。主要是針對草食男們說，「戀愛吧少年」，並鼓勵「少年啊要胸懷巨大的失落感。」好好去體驗失落感這一堂課吧！

3 那些年，我們不曾面對的傷痛

此次封面風格寫實，將〈木野〉中咖啡店外的柳樹描繪出來。失去妻子，將生活寄託在咖啡店的木野在故事中，被鼓勵要承認自己受傷，自我療癒。我們又何嘗不用？人生漫漫，曾幾何時，那些一路走來鞋裡的疙瘩，竟扎得我們走不下去？是不是有時為了趕路，對自己的傷口太過殘忍？何不學學詞人李之儀的〈謝池春慢〉中所言，「天不老，人未偶，且將此恨，分付庭前柳。」生命總是要找到自己的出口的。

村上春樹曾說，書名會讓人想起海明威的《Men Without Women》。不過海明威旨在反思男性優位的價值觀所導致的困厄處境，新作則可說是探求這些女人消失後，男人們何以命苦？以及如何面對或自癒的故事。透過書寫這些未曾真正被充分描繪過的男性心情故事枝節，在新作中透顯了更深一層的反思。

雖然《村上春樹的黃色辭典》編者加藤典洋，在四月二十七日的《日本經濟新聞》中，將新作的奇異遲滯感批評為，再好的投手也會有不順的投球。但是筆者以為，不如說原因在於內容影響形式使然。新作意在表現沉思的停滯低吟，因此總向我們訴說著，還不要太快自以為解決，在足夠感傷、心靈終至澄清之前，不要對自己的傷口下猛藥，不要太快天亮。

〈Drive My Car〉的「家福」，發現無論如何相愛，人終究無法窺視他人的心。雖然如同加藤典洋所批評的，新作中有些老橋段。但筆者認為以往可能就此打住在虛無感中，這次的舊瓶卻裝著新酒，有積極的思考轉圜。男人們終於發現了命苦的原因在於自身的盲點：「換作是自己的心的話，只要努力，光光是努力就能確實地窺視自己的心。因此，最終我們必須要做的，不就是好好地和自己的心老實地相處嗎？真的想要看見別人的話，那就只能深刻而正視自身而已，除此之外，別無他法（日文版，54頁。以下引用皆出自日文版）。」

〈Yesterday〉的「木樽」害怕與女友順利幸福的預感，想讓彼此多多體驗人生，介紹男友給她，心想「我心中有著強烈的意念，想要找到什麼更不同的東西、接觸更多的事物（98頁）。」

〈獨立器官〉中，生活富足，基本上只考慮到自己的渡會醫師，竟然遇到讓自己「努力不去太過喜歡誰」的女人，因而欲生欲死地思考著「我到底是什麼（139頁）」，未曾體會深層失落感的自己，突然感到己身「配不上做一個獨當一面的人（138頁）。」

〈一千零一夜〉裡，「對於羽原來說最痛苦的莫不在於，與其說是失去性行為，不如說是失去和她們共享的親密時光。失去女人終歸是這樣的一回事。她們能提供一種讓你身處在現實中，卻能同時將現實無效化的特殊時間。（209頁）。」

〈木野〉的「木野」，察覺到「人類所擁有的感情中，恐怕沒有比忌妒心和自尊更壞的東西了」，而自己「似乎有刺激別人這種黑暗部分的地方（231頁）。」

〈沒有女人的男人們〉中更用類似海邊的卡夫卡裡的烏鴉少年的預言式警語說道，你可能在某個轉角處，忽然變成沒有女人的男人，「那就像潑灑在淺色系的地毯上的紅酒汙漬一樣。（……）或許會隨著時間多少褪掉一點色，然而那汙漬恐怕到你斷氣了都還會一直留存著。它有著身為汙漬的執照，有時還有身為汙漬的公共發言權。你只能伴隨著那色澤緩慢變化，與那多重意義的輪廓一同生活下去。（279頁）」，恰可以定位成全書的解說文。

雖然男人們面對的方式，乍看之下有巧拙優劣。但是他們的面對，何等真誠！

4 重生前的黑夜靜默

此外，新作的另一個特色便是延續多部小說的人物造型，例如，《1Q84》中神祕消失的恭子和青豆，好似合體重現在同名短篇小說〈沒有女人的男人們〉中的M。其中的描敘，「我十四歲，她也十四歲。這是對我們來說真正正確的邂逅的年齡〈270頁〉」，彷若深入詮釋十四歲的卡夫卡遇見又失去十四歲的佐伯小姐的心境。

再者，前作《沒有色彩的多崎作和他的巡禮之年》中多崎作回溯過往，經由反思來使心靈得到釋放。這個思考模式，在僅隔一年時光的新作中，繼續被強調。失去女人的男人們，也開始自發地效仿〈麵包店再襲擊〉中女人的積極行動，解放壓抑的情結（雖然搶劫絕非好事，但大家都知道那只是一種譬喻），在面對的那一剎那，已然預告了他的重生。

幾個短篇中，筆者最喜歡〈木野〉，當中登場人物的命名充滿神話的諭示和感應，與《1Q84》和《海邊的卡夫卡》的世界有相通之處。皆暗示了面壁內省，與世隔絕的必要。（連方法也一樣是到高松！）

新作和前作或許都意識到，至今尚未平復傷痛的三一一地震的受創者們。提出對於所謂創傷後壓力症候群（PTSD）的處理，壓抑或迴避都非良藥的見解。就像木野發覺「我在受傷的時候沒有徹底被傷害（256）頁」，「在應該感覺到真正的痛的時候，我扼殺了重要的感覺，因為不想接受痛徹心肺的傷痛，而規避了正視現實，結果落得心情持續空虛。（256-257頁）」

再者，延續了《1Q84》受害者很可能也是被害者的概念，〈木野〉一作讓神祕的顧客、神田先生對木野說，「你不是一個會自己去做壞事的人。這我很清楚。不過在這個世界上，也有只是不去做不對的事，還不夠的事的。（247頁〉」可以看出三一一之後，從前作延伸下來的自省主題走向一種更顯著的社會關懷，套句道教的說法，知道而不修道，是為道賊。頗有對獨善其身者的譴責意涵。

在試著去理解這些沒有女人的男人們深刻的悲傷、深層的再生的同時，窗外大雨靜靜濡濕這個世界，有誰溫柔地悄悄握住你的手，你才知道原來自己也傷得很深，那些傷口還沒有一一洗滌過，你默默流下淚來，黑夜之後，你想重生成八目鰻，還是……

蔡雨杉

又名謝惠貞。東京大學文學博士。文藻外語大學日本語文系助理教授。現旅居哈瑪星，觀照日本文壇大小宇宙。練習寫詩，安放當下。撰有論文《日本統治期台灣文化人的新感覺派的受容——橫光利一與楊逵、巫永福、翁鬧、劉吶鷗》、〈互相註解、補完的異語世界——論東山彰良《流》中的文化翻譯〉，以及村上春樹等日本作家相關評論訪談多種。

《1Q84》作中作？
搶先迎接村上春樹新作《沒有色彩的多崎作和他的巡禮之年》

蔡雨杉

一、無色男救景氣！

隨著日本首相安倍晉三持續祭出日圓貶值等經濟政策，思欲復甦日本之時，今年四月天的日本書市上，村上春樹新作《沒有色彩的多崎作和他的巡禮之年》（《色彩を持たない多崎つくると、彼の巡礼の年》，以下簡稱「新作」），宛若救世主般降世。繼《1Q84》單行本外加文庫袖珍本，接棒暢銷告一段落後，新作再度又以全無暗示的廣告引爆飢渴現象。澀谷區的蔦屋書店於4月12日首賣日午夜零時整點開賣前已大排長龍。現場實況轉播下，出版社文藝春秋便決定在原本的50萬冊之外，再增印10萬冊。開賣後的第7天便輕易突破百萬冊，拯救了書市低迷的買氣。隨著5月6日在京都大學，村上睽違18年以「書寫靈魂，凝視靈魂」為題再次接受公開訪談，新作的人氣與話題正持續加溫中。

新作內容描繪位於名古屋的升學高中裡，男女五人組成「一絲不亂的調和共同體」和關係破滅後，主角多崎作的重生之旅。除了多崎作之外，其他四人名字中皆帶有色彩，暱稱分別是「赤」「青」「白」「黑。」當時多崎作因自己姓名「不帶色彩」而感到莫名的受傷。然而為了一圓自小的鐵道夢，獨自一人赴東京學營建車站。某日突然，不明就裡地被其他四人宣告絕交，多崎作陷入無邊憂鬱而尋死。半年後，勉力拾回生之欲求，大學順利畢業後，他如願從事營造車站的工作。時隔16年，剛交往的戀人木元沙羅點醒36歲的他，過去傷痕還血淋淋，「記憶雖能隱藏，歷史卻不能抹消」（日文版，193 頁以下引用皆出自日文版），並鼓勵他做一趟「巡禮」之行，重訪四人扣問16年前的究竟。

二、五彩繽紛or空無之為用

村上曾對《產經新聞》（5月6日）透露之所以描寫五人團體，是因為五這個數字有象徵的意義。根據上述公開訪談村上自身的表白，從前多寫一對一關係，此次擴大到五人團體，除了是想以《1Q84》中首次嘗試的第三人稱手法，來發展新型態小說，也出於對現實中活生生的人們的關心。

有論者推測可能是呈現五行色彩的登場人物，赤松慶＝「赤」是秀才型青年，對不合理事物常認真對峙，長大後自創企業人才培訓公司。青海悅夫＝「青」是美式足球隊隊長，個性開朗討喜，成人後當汽車銷售員。白根柚木＝「白」是內向的美人，擅彈鋼琴。她彈李斯特的《巡禮之年》（*Années de Pèlerinage*）在多崎作心中留下深刻印記。黑埜惠理＝「黑」則是獨立聰明的丑角，黑白兩人是中學以來的閨密，後來遠嫁芬蘭。

然而比起以五行色彩「青・白・黃・赤・黑」去推測多崎是黃色，筆者倒認為在多崎身上強加色彩有違原作本意。

觀察自小以至36歲的多崎作，自嘲自己像「空空如也的容器」（322頁），「毫無足以向人誇耀，或出示的特質。……全部都很中庸。或者說色彩稀薄」（13頁）。有時作夢夢到自己活在黑白色調的世界（340頁）。他的性幻想對象都停留在「黑」與「白」身上。在這層意義上，多崎不只是性格上、名字上「不帶色彩」，人際關係單調，是感情「不形於色」的疏離人格。

關於「多崎作」此一命名，不少論者認為指涉311地震引發海嘯的受災區，三陸海岸。因為這個谷灣式海岸的岬崖連綿。朝日新聞編輯委員大西若人4月24日在該新聞的網路論壇《WEBRONZA＋》上，引用新作中多崎作看著自己枯瘦的身體，「像是緊盯著，傳達被巨大地震、可怕洪水襲擊過的遙遠地區那悲慘情狀的電視新聞的人一樣地」（45頁），認為海嘯過後，核災地區徒留泥濘陰霾，失去原有光彩，儼然是部災難救贖小說。

但除了受災海岸的解釋之外，多崎也令人聯想到「多岐多樣」這個日文成語。最後一章19章開頭便描摹新宿車站的四通八達，匯聚萬方。暗喻設計車站的多崎，就像一個大型的轉運站，交通輻輳。這成語和日文中描述人各有所長時，常說「十人十色」之意互通，每個人都有屬於自己的特色。若然，多崎的特色或許就像光譜法則一樣，將所有的色彩融合起來便是無色透明。多崎雖然無色，反而容山包海，正所謂空無之為用。就像公開訪談中村上說的「人生中重要的事經常是兩面性的。」換個角度來看，在芬蘭，「黑」也跟他說，「你並非欠缺色彩，那都只不過是名字而已。……你是十分出色的、colorful的多崎作唷」（328頁）。再者，連同「作」這個名字來看，可以更進一步說多崎具有創作、創造的各式色彩的能力。

三、奮「創」人生

名字中的「作」（つくる），在日文中可用「創」「造」「作」等漢字來表記，但其父不想給他太大負擔，家人稱他為「作。」後來的確這也和他設計管理車站的性向相合。敘事者描述這是他的天職（17頁）。巡禮中「黑」也對他說「即使你是空空如也的容器」，「你也是非常棒，而吸引人心的容器喲，人自己到底是什麼，其實這種事誰也不知道」（323頁），並說「即使你不在了，你蓋的車站也會留著」（321頁）。

「創」「造」「作」這三字或許在語感上有層次高低之別，然而都指向自我開創的方向。雖然，如同《挪威的森林》、《發條鳥年代記》、《尋羊冒險記》、《世界末日與冷酷異境》一般，新作始於一貫的「喪失」主題。然而這次的男主角竟然開始從被動捲入的傷痛之中，思欲掙脫出來。

整部作品，多崎從對自己不帶色彩感到自卑和受傷，最終達致了肯定「作」這個名字的正面意義。顏色反而不再重要。就像占卜算命、八字五行的確是了解自己的一種方式，但受限於此，去扮演某種被決定的色彩，或為自己不帶色彩而自怨自艾，全無救贖，何嘗不是一種令人窒息的人生？

巡禮一詞，原有到聖地參拜頂禮之意，在新作中也就是主動探訪舊友，追索究竟的行動。由此多崎作終於知道，「黑」想逃離與「白」的依存關係，要他別再稱兩人「黑」與「白。」也從「黑」的口中知道，四人都認為他帥氣又給人穩定力量，因而重新認識了自己。多崎作的巡禮行動，讓人想到明代破解宿命論撰寫《了凡四訓》作為家訓的袁了凡。袁了凡曾做了一個記功、過的「功過格」，以此不斷地累積善功而改變了算命師所謂的命運。這是在相信有所謂五行決定之命運後，又再向之挑戰而臻造命境界的例子。姑且不論是否人生來有命數。但至少袁了凡和多崎作都由相信一個他者虛構的「物語」，又再以行動「作」出解構。這種積極，不啻是種人生寓意。

村上在公開訪談中也說，「人擁有著各自的物語。沒有那個很難活下去。我的物語和你的物語共鳴，形成網絡，物語也因而被相對化，而產生縱深。這是物語的力量。」或許在包括 311 以及各種災變後，村上欲提示人類不可勝計的盲目恐懼，最是束縛了人性的光輝。如同村上所言，最怕的是「背對著那恐懼……把自己內心最重要的東西讓渡給了什麼」（《萊辛頓的幽靈》）。而此時回溯時空的巡禮作為一種對過去的再詮釋，是必要的工作。巡禮也是作為一種回復自信，滌塵以新的過程，由反思、甚至反省，來改變自己的命運。雖然這部小說無關宗教，但因之得著心靈的釋懷，不免是一種舒坦好運。巡禮的最大突破在於，多崎為自己「創作」了非關色彩的人生新指標。

范．根納普的名著《通過儀禮》指出，各種社會身分的變化，會以進入村莊或家裡、從房間轉移到另一房間等實質的通過的儀式來模擬，測試人們是否有升級到下一階段的勇氣和實力。淡江大學日語系主持台灣第一個村上春樹研究室，於5月5日舉行的研討會上，韓國學者李錦宰便指出，多崎作建造車站本身，便隱喻了他的巡禮，是一種成長的「通過儀禮。」

四、巡禮之年與1Q84年

這個巡禮之所以成行，有兩個關鍵人物，分別是灰田文紹和木元沙羅。他們都扮演著傳信使者的角色，給多崎作啟發與引導。

在莫名地被逐出五人團體後，隔年多崎遇到神祕的學弟灰田。低調的灰田某日跟多崎描述其父少年時，遇到一位名叫綠川的詭異鋼琴家，敘述自己正以死，換取了看見他人發出的色彩的能力與卓越的感性。並告知其父他的顏色正是可以與他交替的那種，但並不想與之交換，也不打算透露是何種顏色。在一次多崎夢見與「黑」「白」「灰」奇異交媾之後，灰田留下《巡禮之年》的黑膠唱片銷聲匿跡。這部李斯特記錄遊歷瑞士、義大利的生活及表達宗教虔誠的回憶錄，在新作中扮演著重要功能。這讓多崎更忘不了「白」，像鬼打牆一樣，持續思索16年前的過去、作著與「黑」「白」交合的夢。

好不容易到了36歲這個轉捩點，就像火車來到轉轍器的地方一樣，遇到木元沙羅穿針引線，他開始面對過去，踏上巡禮之旅。公開訪談中，村上直言木元沙羅也引導著作者他自己，「被引導對我來說很重要。被引導而去體會，覺得自己變得更強韌。我想我自己如此，希望對讀者來說也有這樣的體驗。」

在上述村上春樹研討會上，小森陽一推敲這個巡禮之年的年份，指出應該是在2009~2012年之間。巡禮的地點雖然是舊友的所在地名古屋和芬蘭，但聖地從來不是在外在，而是在每個人的心中，心念一轉，天堂地獄。黯淡的16年裡，多崎作也恨過舊友，但在巡禮中，每個人都來告白，多彩人生的美麗與哀愁。「青」演示了沒有勝負的人生，「赤」告白同志性向的苦惱，「黑」坦承與白的連體嬰關係令人窒息。這才發現，不被決定「色彩」的自由、不被告知「色彩」的幸福。

再者，與《1Q84》的互文性也頗耐人尋味。若依小森陽一的推測來看，那麼16年前絕交發生在1993年到1996年之間。那麼1984年的時候，多崎作等人應該是10歲前後。青豆和天吾則是30歲。雖然兩作的人物生存年代重疊，但還看不出關鍵聯繫。不過新作中，「黑」開玩笑提到芬蘭的森林小人傳說，說「小心別被壞心小人們捉住了」（326頁）。這使人想到《1Q84》的「Little People。」並且她的名字，以及她提示多崎作在「創作」方面的能力和引導多崎作自我反思的地方，都令人聯想到《1Q84》的「深繪理。」五人當時各自壓抑異性間的好感，去追求各自定義的不同調和，在新作中展示的其實是種相生相剋的恐怖平衡。然而咀嚼再三，覺得後味無窮的是，敘事者說「沒有所謂不帶悲痛的寧靜……或不經歷痛徹心肺的包容，這才是真正的調和的基礎」(307頁)。成人後的多崎作和惠理，彼此坦露傷痛，反而真誠寧靜。

村上曾說過物語就像「房間。」在〈到遠方旅行的房間〉一文中，他表示他寫小說就像搭建一間房間，邀請讀者在其中享受物語的樂趣。(《村上春樹雜文集》，時報出版，2012，365頁)而且，村上自任為幫助讀者通過這個物語，穿到另一個房間的引航者。這與筆者在〈無限增生的《1Q84》：Book 3搶先直擊！〉(《聯合文學》雜誌307期)分析《1Q84》時的想法，不謀而合。也就是，將榮格在《心理學與鍊金術》中探討的佛教曼荼羅作為想像《1Q84》的線索，將房間想像成曼荼羅，那麼進了一個曼荼羅後，又打開一道門，揭示另一個曼荼羅。

村上春樹又曾以地下室裡的祕密房間闡述過「房間」意象。「在眼前，形而上學式的記號和形象和象徵陸續出現。那宛如是夢一樣的東西。像無意識的世界的形態呢。但是，你總是必須返回現實世界。從房間出來，關上門，爬上台階。」(《夢を見るために毎朝僕は目覚めるのです村上春樹インタビュー集1997~2009》，文藝春秋，2010，156頁)

既然村上春樹在《「《1Q84》之後～」特集–村上春樹Long Interview長訪談》(賴明珠、張明敏譯，時報出版，2011，54頁)中說，在這之前和之後都還有故事，那麼我們可以大膽地假設，這個故事可能是天吾寫的小說（另一個房間！）等任何與《1Q84》相關的小說技巧想像。若然，《1Q84》中處於被動地被捲入1Q84年的天吾，透過創作《沒有色彩的多崎作和他的巡禮之年》，而獲得了新的人生觀，足以和青豆在《1Q84》中「我在天吾所寫的故事中，我也可以改寫這個故事」的醒悟媲美了。

村上自身小說間的互文性，比如羊男、深井等設定已成為一種村上的文體標誌，倘若村上春樹用新作當作天吾的作品，另起爐灶寫《1Q84》作中作，大玩後設小說的新形式，那麼將是一種嶄新的文學突破了。期待《1Q84》續集揭曉小說間的曖昧關係！

蔡雨杉

又名謝惠貞。東京大學文學博士。文藻外語大學日本語文系助理教授。現旅居哈瑪星，觀照日本文壇大小宇宙。練習寫詩，安放當下。撰有論文《日本統治期台灣文化人的新感覺派的受容——橫光利一與楊逵、巫永福、翁鬧、劉吶鷗》、〈互相註解、補完的異語世界——論東山彰良《流》中的文化翻譯〉，以及村上春樹等日本作家相關評論訪談多種。

選擇題

檢定 中上級

取得村上迷的門票題

村上中上級檢定為是選擇題，每題1分。共25題，合計25分。

1

□ 村上小說中沒有出現過的車款？①可樂娜②Jaguar③MV Agusta

2

□ 《刺殺騎士團長》中因描寫了哪個事件，引來日本右派作家的批評？①納粹屠殺猶太人②南京大屠殺③伊斯蘭國（IS）屠殺伊拉克人質

3

□ 以下哪篇小說還沒有被改編為漫畫？①《青蛙老弟，救東京》②《蜂蜜派》③《麵包店再襲擊》

4

□ 哪一組名字不是雙胞胎的名字？①加納馬爾他／加納克里特②208／209③笠原May／笠原June

5

□ 寫兩個獨生子女的長篇戀愛小說是？①《舞．舞．舞》②《國境之南　太陽之西》③《發條鳥年代記》

6

□ 下列哪個角色的志向不是小說家？①天吾②小堇③青蛙老弟

7

□ 《世界末日與冷酷異境》中重要象徵性物品是？①企鵝護身符②獨角獸的頭骨③難挑的酪梨

8 □ 《黑夜之後》是描寫某晚的「深夜11點55分到清晨6點52分」多線交織的故事。其中來自中國的應召女子名叫什麼?①瑪麗②冬莉③惠麗

9 □ 村上春樹經營過的「彼得貓(Peter Cat)」咖啡店舊址在何處?①高圓寺②國分寺③道明寺

10 □ 下列何者不是村上遊記散文的書名?①《終於悲哀的外國語》②《東京奇譚集》③《雨天炎天》

11 □ 以下小說中的哪個人物並非一般大眾所認知的同志?①《人造衛星情人》的小堇②《沒有色彩的多崎作和他的巡禮之年》的紅仔③《海邊的卡夫卡》的大島

12 □ 哪個不是《1Q84》的特徵?①共有三冊②以第三人稱描寫③三角戀

13 □ 哪位作家的作品名稱沒有受村上啟發?①高翊峰②張致中③東山彰良

14 □ 哪一個作品中的舞台的原型,並非真實存在?①〈起司蛋糕形的我的貧窮〉的兩條鐵路交會處的小屋②《尋羊冒險記》的十二瀧町③《海邊的卡夫卡》的甲村紀念圖書館

15 □ 以下哪篇小說還沒有被改編為電影?①《聽風的歌》②《遇見100%的女孩》③《象工場的Happy End》

16 □ 哪一個東西在小說中的功能與其他兩者不同?①《東京奇譚集》的品川猿②《海邊的卡夫卡》的入口的石頭③《1Q84》中高速公路的太平梯

17 □ 以下何者沒有寫過村上春樹的訪談集?①松家仁之②川上未映子③中島京子

18 □ 哪一部作品沒有被台灣歌手當作曲名?①《神的孩子都在跳舞》②《國境之南.太陽之西》③《人造衛星情人》

19

□《挪威的森林》小林綠和沉靜憂鬱的直子是對照，個性直率開朗。請問下列何者不是綠做過的事？①存錢買食譜②在屋頂上接吻③把蛋糕丟出窗外

20

□近年來村上小說中的主角都帶有一種在自己專業上自我超越的職業設定。請問除了小說家之外，下列哪個行業尚未被設定過？①畫家②演員③設計師

21

□音樂帶給村上寫作的節奏，甚至對構思小說結構有所啟發。村上日常中也常聆賞音樂，在《爵士群象》和《和小澤征爾先生談音樂》等當中，對許多音樂家有獨特的見解。請問哪個薩克斯風手的音樂能敲醒疲睏的村上春樹？①桑尼．史提特②班尼．高爾森③希達．華頓

22

□村上春樹心中的經典小說第一名？①《漫長的告別》②《麥田捕手》③《大亨小傳》

23

□以下哪一句話不是《沒有色彩的多崎作和他的巡禮之年》中用來形容多崎作的？①我這樣一個人，我的人生，空空的缺少了什麼，失去了什麼，而那個部份一直飢餓著……②覺得自己像個空空的容器一樣。以容器來說或許某種程度有形狀，但裡面卻完全沒有可以稱得上內容的東西。③各方面都是中庸。或者說色彩是淡薄的。

24

□《沒有女人的男人們》為效仿海明威的同名小說，探討兩性關係中男人的心態。雖村上的長篇小說皆有觸及傷痛經驗，但由於該書寫於311日本大地震後，因此內容更有諸多傷痛經驗的描述與誘導面對傷痛之言。請問下列何者不是出自此作？①我在該受傷的時候沒有充分受傷，（中略）。應該感覺到真正的痛的時候，我把最重要的感覺壓制抹煞了。因為不想接受深切的東西，迴避正面面對真實，結果變成這樣一個沒有內容繼續抱著空虛的心的人。②就像淺色

調的地毯被濺出的紅葡萄酒染色那樣。（中略）那擁有色斑資格，有時甚至可能擁有身為色斑的公眾發言權。你只能隨著那顏色的緩慢移動，隨著那多義性的輪廓，共度餘生。③沒有不包含悲痛吶喊的平靜，沒有地面未流過血的赦免，沒有不歷經痛切喪失的包容。這是真正的調和的根柢所擁有的東西。

25

□ 下列何者不是小說中出現過的料理？①天婦羅和青豆飯②鮭魚罐頭、海帶芽佐洋菇的義大利炒飯③菠菜拌小白魚干三明治

中上級檢定解答

1	2	3	4	5
3	2	2	3	2

6	7	8	9	10
3	2	2	2	2

第11～15題（答案與解說）：

解說 11

答案③。小堇迷戀同性情人妙妙，而與暗戀她的男性友人「我」，形成微妙的三角關係。紅仔則是5人團體中的其中一人，後來事業有成，在多崎作重訪他時，向多崎作出櫃。大島是圖書館員，和卡夫卡少年成為好友。他表示生理性別是女性，但心理是男性，喜歡男性，所以自稱是gay。大島在一般看來是女性喜愛男性，但從跨性別研究（LGBTQ）角度來看，應該尊重他所認同的男同志身分。

解說 12

答案③。《1Q84》是村上超越《發條鳥年代記》字數，多達3冊為目前最長篇小說。其中揮別以往使用第一人稱「我」的敘述，繼《神的孩子都在跳舞》和《海邊的卡夫卡》的中田老人的章節之部分實驗後，初次全以第三人稱寫成的小說。雖然天吾和美少女深繪理有交媾之實，但這個深繪理是分身，具有女巫性質，是引導天吾進入異世界的裝置。基本上是天吾和青豆的兩人純愛故事。

解說 13

答案②。高翊峰的短篇〈烏鴉燒〉的命名即受村上作品的啟發。在沒有烏鴉的台灣，高將紅豆餅指為「燒」的日式文法，令人想起村上短篇集《遇見100%的女孩》中描寫由烏鴉篩選好吃餅點的〈唐古利燒餅的盛衰〉。張致中是台灣七年級藝術家，擅長融合東西方元素創作鋼筆畫，並非作家。而與張致中名字很像的旅日作家張維中散文集《夢中見》就很有可能與村上有些關係，因《夢中見》和村上與系井重里的共同創作集同名。東山彰良則以小說《路傍》的篇名〈開往天國的慢船〉戲擬了村上《開往中國的慢船》。

解說 14

答案③。①位於彼得貓舊址的所在地、國分寺站，在西武線和JR線交叉處形成的楔子形小丘上，有一藍色屋頂小屋。②《尋羊冒險記》中十二瀧町酷似北海道的美深町。③香川縣高松市沒有名叫甲村紀念圖書館，但在村上的文學中，圖書館具有象徵性意義。

解說 15

答案③。③的篇名據說有意識到電影《查理與巧克力工場》的原著，但畢竟本身沒有被改編。①《聽風的歌》是1981年由大森一樹改編；《遇見100%的女孩》於1983年由山川直人改編。其他還有較知名的是村上春樹親自擔任編劇，由陳英雄導演的《挪威的森林》、市川準編導演的《東尼瀧谷》，以及1982年山川直人及2010年Carlos Cuaron都改編過的《麵包店再襲擊》、1988年野村惠一改題為《森林另一側》的《泥土中她的小狗》、2007年Robert Logevall的《神的孩子都在跳舞》。甚至淡江大學村上春樹研究中心所舉辦的「村上春樹微電影比賽」中的各種改編電影，也值得參考。

解說 16

答案①。這題的②入口的石頭和③高速公路的太平梯，功能很明顯的是進入異世界的入口之象徵。其他更有名的意象是「井。」從《聽風的歌》的火星的井、《1973年的彈珠玩具》的井，以至《刺殺騎士團長》的井皆是其例。至於①品川猿偷取姓名，但也同時保管了姓名相關的幽暗記憶。功能雖不完全相同，但和《1Q84》Little People及〈電視人〉的電視人等，在兼有善惡兩面特性的異界人物特徵上，有相似之處。

解說 17

答案③。中島京子未有訪談集，但經常於媒體發表關於村上小說之心得。中譯本《刺殺騎士團長》的宣傳文也轉載了她的評論。①松家仁之是新潮社雜誌《思考的人》總編輯，其與村上的專訪集結成《《1Q84》之後~特集─村上春樹Long Interview長訪談》，該次專訪規模是此前未有的深入，對村上之創作心境、文體、文學資糧，以及《1Q84》皆多所著墨。②芥川獎作家川上未映子在《貓頭鷹在黃昏飛起》（暫譯，新潮社）中，也進行了一次村上本人認證絕無冷場的訪談。另外聯合文學雜誌 2012 年 12 月號，也由黃崇凱與村上春樹進行了簡短的越洋 Q&A。

解說 18

答案③。《神的孩子都在跳舞》，和五月天在 2004 年第五張專輯中歌曲同名；《國境之南・太陽之西》則為范逸臣主唱電影《海角七號》的主題曲《國境之南》。

解說 19

答案③。③把蛋糕丟出窗外，是綠描述自己的愛情觀的譬喻，並非真實發生過。綠希望對方在她想吃蛋糕時跑出去買，但若看到蛋糕時，已經不想吃了，也就直接丟出窗外，是真實不虛矯的感情。①小林綠不擅長唱歌和彈吉他，但很會做菜，會努力存錢到新宿的紀伊國屋書店買食譜。②在屋頂上接吻，是在渡邊住處的屋頂場景，兩人遇到隔壁火警避難。

解說 20

答案②。②演員尚未成為主角的設定，不過配角則有演員登場過。例如《舞・舞・舞》五反田亮一。①畫家是《刺殺騎士團長》的主角；而《沒有色彩的多崎作和他的巡禮之年》的多崎作是鐵路的車站設計師，是③設計師的一種。

解說 21

答案①。村上在《村上朝日堂是如何鍛鍊的》的〈音樂的效用〉中，提到自己有時精神困頓去聽音樂會時，例如聽鋼琴家李斯特的布拉姆斯第二號鋼琴協奏曲，會奇蹟似地被療癒。還有①的桑尼・史提特和②班尼・高爾森同場時，前者能讓他忘了睏倦，但到了後者又會變得非常睏。③希達・華頓則是爵士樂鋼琴家。村上在《給我搖擺，其餘免談》中盛讚他的「熱烈新鮮。」

解說 22

答案③。村上春樹翻譯英文作品近70冊，出版過《村上春樹翻譯工作近乎全貌》（暫譯，中央公論新社）中提及他心中的經典小說三大家依序是《大亨小傳》、《漫長的告別》、《麥田捕手》。雖然認為瑞蒙・卡佛是他的小說之師，但就小說而言，村上甚至借《挪威的森林》的渡邊之口說，能讀《大亨小傳》3次的人應該可以當我的朋友了，並且在《刺殺騎士團長》中以色免涉一角向《大亨小傳》致敬。

解說 23

答案①。①出自《國境之南・太陽之西》，由此可知村上春樹小說到晚近仍延續了空虛、孤獨的部分脈絡。但《沒有色彩的多崎作和他的巡禮之年》中除了描寫多崎作自覺己身沒有內容空空如也，也藉由他探訪舊友，重新得到積極詮釋。由相信一個他者虛構的色彩「物語」，又再以巡禮來解構「物語」，並自行「創作」了非關色彩的自我肯定。

解說 24

答案③。①、②都是出自《沒有女人的男人們》。或許由於日本國情較壓抑，一如社會一般認為男性較女性容易壓抑情緒，故有諸多誘導面對傷痛之言，有某些調性一致性。③是前一年出版的《沒有色彩的多崎作和他的巡禮之年》的句子，兩作皆有療癒傷痛之共同主題。

解說 25

答案③。①是《挪威的森林》中，小林綠在茗荷谷公寓裡，為渡邊做的料理；《1084》中的青豆一詞在日文很特別，原來早在《挪威的森林》就已經出現了（笑）。②出自《尋羊冒險記》。③村上所作的三明治，大多夾小黃瓜、燻鮭魚、蕃茄、起士等等，而菠菜拌小白魚干是和風的涼拌菜，在《舞・舞・舞》當中是拿來當麒麟啤酒的下酒菜，帶有醋味，不適合夾在三明治裡。

中上級檢定不負責評語

0-10 分　就直率坦承你並不是村上迷吧！

10-15 分　別沮喪，成為村上迷的門檻是有點高啊～

15-25 分　你絕對不會甘於成為一名村上迷的！

Level
1

村上「狂」資格檢定

在最深最酷的井刺殺村上春樹

高級

愛是唯一的存在價值：讀村上春樹《1Q84》

伊格言

兩則小說中的虛構文本（小說中的小說）關鍵性地支配著《1Q84》皇皇三冊龐巨之世界：其一，小說角色深繪理的暢銷自傳性小說《空氣蛹》；其二，德國小說〈貓之村〉。

首先略述後者。根據《1Q84》書中所述，〈貓之村〉寫成於兩次世界大戰之間。熱愛旅行的青年背著背包獨自上路，開始他漫無目的的旅程。方法如下：搭乘列車，隨機挑選任一小站下車，投宿旅店，愛待多久便待多久，直至失去新鮮感，再搭上火車，前往下一隨機目的地。某日，青年來到小鎮，為古老小鎮的神祕氣息所吸引。他獨自下車進站（注意，並無其他旅客在此下車），意外發現車站中並無任何服務人員。出站後漫步大街，唯一的旅店櫃臺亦無人跡。所有商店都拉下了鐵捲門。青年誤以為自己來到了被人們遺棄的廢城，意欲離去，但車班有限，別無他法，只能在此過夜，等待明日上午的早班車。

然而那其實絕非廢城。那是貓兒們的小鎮。當白日逝去，夜幕落下，各樣花色品種的貓兒們便紛紛出現。商店裡的貓兒們拉起鐵門開始營業，市場上的貓兒們彼此討價還價，辦公室中的貓兒們穿上了體面的制服開始辦事。牠們吃食，交談，行走，爭執，飲酒作樂。貓之村的日常生活。然而貓兒們似乎對除了貓自身之外的其他生物萬分忌諱。青年害怕極了，連忙躲進鎮上最高的鐘樓塔頂。一夜過去，白晝臨至，貓兒們魚貫離城（只一瞬間，貓之村又回復到原先萬徑人蹤滅的廢城模樣），青年趕忙來到車站，卻眼見列車飛馳駛過月台，對他視若無睹。青年只能回到鐘樓塔頂，繼續匿藏困鎖於彼。如此日復一日，直到貓兒們聞到了人的氣味，組成搜索隊，層層向上，進入鐘樓塔頂，來到隱蔽於黑暗中，恐懼不已的青年面前——

沒事。居然沒事。貓兒們居然什麼也看不見。牠們聞聞嗅嗅，搖頭晃腦，無比疑惑（奇怪，明明有人的氣味呀）；但終究放棄，轉身下樓，回到小鎮各自的居所，回到牠們原先豐富熱鬧的日常夜間生活之中。青年恍然大悟，帶著巨大的孤獨與悲哀——他明白，這就是「我」浪遊的終點，這就是「我」該消失的地方；那白日的車班終究不會再來，而「我」從來便不曾存在。

毫無疑問，這是相當精采的獨立短篇小說，即使將之抽離於《1Q84》之外亦復如是——「漫無目的的浪遊」其實正是生命旅程精準的隱喻，至少對多數人而言是，因為本質上，「存在即被拋擲。」且容我作個思想史性質的過度附會：西元一八九九年，初版《夢的解析》成為二十世紀人文思潮地殼變動的震源之一，而兩次世界大戰與猶太大屠殺則粉碎了人類知識階層基於理性所構築的美麗夢想——這必然回身呼應了佛洛依德，因為那正是《夢的解析》所意圖揭示的，人的潛意識世界，「非理性」巨獸般的力量。於此一意義上，《夢的解析》已成為一則痛苦的預言。而如若〈貓之村〉恰恰寫於兩次大戰之間，那麼我們或可如此釋義：那孤獨閉鎖於黑暗高塔上的青年（相對於盲眼的貓兒們——眾人——而言）所擁有的正是一對清明的文明之眼：在經歷一次世界大戰之後，人類即將，且終將領悟自己的徬徨與無所依傍；而存在本身即是虛無。但在二戰臨至之前，我們還有些時間，足供逃躲，猶豫，自我囚禁，自我懷疑——就在那孤立的高塔之上。

這是〈貓之村〉的歷史隱喻——我個人的過度聯想。但即使全然將之棄去不談，於《1Q84》本身脈絡中，〈貓之村〉依舊直接影射了男主角天吾的身世。獨子天吾自小成長於單親家庭，由父親扶養長大。身為NHK收費員的父親性格拘謹，處事嚴厲，對天吾亦欠缺溫情；甚至每逢假日，便強迫年幼的天吾與他同在市區中四處轉悠，收取NHK收視費用。這職業以「可怕」形容並不為過，因為其業績來自於收費者與被收費者之間伴隨著各式各樣負面話語的負面能量。也因此，天吾與父親之間的關係始終相當冷漠。晚年中風後，父親被天吾送進了一座鄰海的療養院，時日既久，終至衰弱而死。而在整理父親僅有的少許遺物時，天吾發現了一個信封；其中裝有天吾童年時期的全家福照片——這相當奇怪，因為父親生前對母親的相關話題（天吾究竟是如何成為一個單親兒童的？）十分忌諱，總以「母親早已病死」一語帶過，甚至未曾出示任何與母親相關的私人物品。這張意料之外的全家福照片使得天吾第一次知曉了母親的長相。他想起之前來探視精神狀態不佳的父親時兩人間的對話：

天吾先把照片放回信封，尋思著那意義。父親把這一張照片珍惜地保存到臨死之前。那麼表示他很珍惜母親吧。在天吾懂事之前母親就病死了。根據律師的調查，天吾是那位死去的母親，和NHK收費員父親之間所生的唯一孩子。這是戶籍上所留下的事實。不過政府機構的文件並不保證那個男人就是天吾生物學上的父親。

「我沒有兒子。」父親在陷入深沉昏睡之前這樣告訴天吾。

「那麼，我到底是什麼？」天吾問。

「你什麼都不是。」那是父親簡潔而不容分說的回答。

天吾聽了之後，從那聲音的響法，確信自己和這個男人之間沒有血緣關係。而且覺得終於從那沉重的枷鎖解脫了。但隨著時間的過去，現在又無法確定，父親口中的話是不是真的了。

我什麼都不是。天吾試著重新說出口。

「我什麼都不是。」類似主題其實曾深沉地出現在村上春樹的其他作品中，而不同的小說則以彼此相異的語言重述了此一命題——在《國境之南．太陽之西》中，是「真正存活的只有沙漠本身」；在《挪威的森林》中，是直子那憂傷的請求：「請你永遠不要忘記我，記得我曾經存在過。」何以需要「永遠記住我」？因為「雨下了花就開，雨不下花就枯萎。蟲被蜥蜴吃，蜥蜴被鳥吃。不過不管怎麼樣，大家總有一天都要死。死了就變屍體。一個世代死掉之後，下一個世代就取而代之。這是一定的道理。大家以各種不同的方式活，以各種不同的方式死。不過那都不重要。最後只有沙漠留下來。真正活著的只有沙漠而已」——真正存活的，僅有沙漠本身。那是乾燥的虛無，人世間無可迴避的自然律，生命本然的廢墟與空洞，村上春樹一以貫之的本體論——「死不是以生的對極形式，而是以生的一部份存在著」（《挪威的森林》）。直子與Kizuki都掉進了這樣的空洞裡（《挪》書中「井」的意象），而在《1Q84》中，同樣主題的變奏形式則是父親彌留時刻對天吾的斷言：「你什麼也不是。」

此一斷言對天吾而言特別沉重——因為與小說中其餘人物相較，天吾（最初）顯然是一個極端缺乏內在動力的角色。小時曾是數學天才的他長大後自學術場域出走，選擇擔任補習班數學教師，閒暇時寫小說。「寫小說」或許是胸無大志的天吾唯一的興趣，但即便如此，出版社編輯小松也曾明白指出天吾缺乏積極經營作品的野心與慾望。天吾亦未曾積極尋找孩童時期曾短暫交會且彼此留下美好印象的青豆；只是恆常困鎖於極幼小時母親與其他男人性交的神祕心象中。就此事看來，相較於父親NHK收費員的人生（雖則無謂且無趣，但至少展現了生命某種形式的執拗：目標明確，無可妥協，貫徹到底，亦因之而充滿各種侷限與粗暴，俯拾即是），天吾確實「什麼也不是。」那是父親對天吾一次嚴厲的本體論判決——對長期缺乏重大內在動力的天吾而言，說是與生俱來的詛咒亦不為過。

判決：「你什麼也不是。」「我什麼也不是。」人什麼都不是。那正是貓之村中浪遊青年的最終體悟。那麼，有什麼機會能讓人「是」些什麼呢？或者，人有沒有機會真正地「是」些什麼呢？作者村上藉由小說中的另一關鍵虛構性文本給出了答案——美少女作家深繪理的暢銷小說《空氣蛹》。《空氣蛹》情節約略如下：在集體農場（疑影射宗教團體「先驅」）中長大的少女（疑為深繪理本人）由於犯了錯，在禁閉期中被懲罰與死山羊共處。夜裡，經由死山羊張開的喉嚨，神祕的「Little People」現身了。這些Little People的數量並不固定（首次出現時是六位，而在自行強調「如果你覺得七個人好的話，我們也可以是七個人」之後，就又變成了七位），面目模糊（「他們穿著同樣的衣服，臉長得一樣，只有聲音卻個個清楚地不同」，「眼睛一旦轉開，已經完全想不起他們穿的是什麼樣的衣服了」，「那相貌沒有好壞。就是普普通通到處可見的長相」），身分不明，甚至身形大小也並不穩定（在由死山羊口中初初現身時，身長僅十餘公分；而後如雨後蘑菇般逐漸長高為六十公分左右），而他們唯一的工作，便是製作「空氣蛹。」

「空氣蛹」此一意象當然是《1Q84》書中的主導性意象之一。根據書中描述，那其實更像是個「空氣繭」，是將周遭空氣憑空搓取成絲，揉織而就。而在「先驅」公社所織就的「空氣繭」中，藏著少女深繪理的「女兒」（Daughter）——一位外貌與她一模一樣的少女人形。這所謂「Daughter」，根據Little People的說法，是「母親（Mother）心靈的影子」，是作為「知覺者Perceiver」，能將感知到的種種事物傳達給「接受者Receiver。」而在此一案例中，配合「先驅」領袖深田保（亦即深繪理的親生父親）的說詞，接受者正是深田保本人。藉此，Little People實質上掌控了宗教團體「先驅」，與逃離「先驅」的少女深繪理對峙。而Mother少女深繪理之所以必須如此，是為了保持「世界的平衡。」

這當然是個極具魅力與神祕感的寓言；於此試論如下：人生於世，原本便「什麼也不是」——那是心靈的貓之村，出之以沙特語：存在即「被拋擲」，原本毫無道理，毫無意義。而即便暫且棄去所有哲學思索，回歸至幼童之心理發展歷程，我們亦可以另一方式重述此事：嬰孩原本懵懂無知，唯於其成長過程中，長期與親職者、陌生人、周遭既有環境等互動，方能逐漸發展出一套世界觀，用以理解世界、安身立命（此一世界觀，理論詞彙稱之為「象徵秩序」（Symbolic Order）；此處姑以「世界觀」暫代之）。此世界觀來源必然駁雜而殊異：習俗、歷史積澱、親職教育、人類本能之認知能力、集體潛意識……林林總總，虛無縹緲，其過程神祕難解，一如

Little People所造之空氣蛹，乃人由虛空之中抽取編織成形。「空氣蛹」正是人之世界觀的隱喻。也因此，空氣蛹中的「Daughter」指的正是這樣的世界觀認知框架（所謂「Mother心靈的影子」）——唯有藉由這樣的世界觀框架（知覺者Perceiver），人才能真正「感知」這個世界，從而理解各項事物之意義。

人各有其世界觀。人各有其Daughter，其空氣蛹，其「心靈的影子」；於其中孕育事物種種，孕育繽紛世界之萬花筒樣貌——這是《1Q84》的認識論。換言之，如若某特定個人之世界觀乃趨向於一片模糊漫漶（例如未有屬於自己的理解方法、未有明確價值取向等等），那麼此人便可說是「什麼也不是」——貨真價實，如假包換。於《1Q84》中，是原本的、貓之村中的天吾——如若沒有青豆，沒有愛，沒有熱誠，沒有對創造的激情，沒有獨屬於自身之「Perceiver」，則即便曾是個天才少年，天吾依舊「什麼也不是。」

而正是藉由《空氣蛹》（認識論）與〈貓之村〉（本體論）這兩則關鍵性虛構文本，村上將小說動力載入了《1Q84》的世界。如前所述，各人不同的「空氣蛹」代表了各人彼此殊異的世界觀。這眾多世界觀或硬或軟，可能兼具不同程度之包容性與排他性；但要之，人原本便無法在廣漠的虛空中理解世界，唯有藉由類似空氣蛹這樣的理解框架（Perceiver），方能安身立命。自古而然。這也是深田保之所以向青豆描述「Little People非善非惡，自遠古時便與人類同在」的原因。何以非善非惡？因為既屬生存之必要，在引入其他價值判斷（道德律、倫理學）之前，種種彼此殊異之世界觀原本便難以以善惡界定之。

原本確實非關善惡。然而問題在於，如若某些世界觀過於堅硬、具高度排他性（如村上春樹在《約束的場所》中所描述的奧姆真理教，青豆所屬的證人會家庭，「先驅」，以及天吾那偏執的、身為NHK收費員的父親），則必然為他人帶來傷害。事實上，人之存在幾乎難免於傷害他人——人之存在，因為無可迴避的嚴峻生存競爭，幾乎確定無法免於剝削他人——而某些過度堅硬的，不可妥協的世界觀危害尤烈。正是於此處，《1Q84》對影射奧姆真理教的「先驅」教團作了個翻案（或說，並非翻案，而是某種更為細緻的批判）：一般看法，「先驅」領袖深田保的作為是不可饒恕的重罪；然而在村上的描述中，深田保非但具有神通（由Little People所賦予），甚至為此承受了常人所不能忍的精神與肉體痛苦。反觀，基於良心、基於義憤、基於護衛弱勢女性而謀劃殺害深田保的「柳宅」緒方老太太（嚴格來說，是緒方老太太、保鑣Tamaru與青豆三人），即使成功終結了深田保的性命，其意識形型態卻顯然具有過度排他性之嫌疑。

這具體體現在牛河此一角色身上。因為極不討喜的外型、氣質與職業（作為「先驅」教團外圍的聘僱者，女主角青豆之人身安全的最大威脅），毫無疑問，牛河一開始幾乎是個令人厭惡的角色；但在漫長的小說篇幅中，在作者逐步揭露牛河的個人歷史之後，此一角色也令讀者同情了起來。而正當讀者們開始心軟之時，為了自我保護，緒方老太太與Tamaru卻毫不遲疑地「處決」了牛河。平心而論，其殘忍冷酷，比起「先驅」不遑多讓；而其傷害較之青豆父母的「證人會偏執」或天吾父親的「NHK收費員偏執」亦是半斤八兩。作為一個人，我們甚至看見緒方老太太（有義憤，有明確價值選擇，但同時亦懷抱著一顆血肉之心，足以對惡者賦予細微同情）的自我反省：在深田保死去之後，「我心中的激烈憤怒，不知怎麼，似乎在那震天巨響的雷聲中消失了。」

回到天吾身上。原先「什麼都不是」的天吾，要如何重新尋回自己的生命呢？那正如安達久美護士所說的：「人無法為自己再生。要為了別人才行」——毋庸置疑，對天吾而言，就是青豆。這也正是在父親陷入彌留狀態時，天吾在父親床上見到空氣蛹所包覆著的，十歲的青豆的原因。在安養院中的父親被送去進行例行性檢查時（象徵：父親暫時缺席，父親所賦予的本體論——「你什麼也不是」——亦暫時缺席）時，空氣蛹出現在父親床上；天吾直覺以為那必然是他自己的空氣蛹，但出現在空氣蛹中的，卻是十歲的少女青豆。然而那是天吾自己的空氣蛹沒錯——那是天吾重生（重新定義自己，定義自己的Perceiver，定義自己的世界觀；讓自己有機會「變成另一個人」）的契機。是的，《1Q84》當然是一本不折不扣的純愛小說（愛是唯一的價值，愛是自我重生唯一的機會，為了青豆）——至於這樣的想法是否有過於單純之嫌（因而於小說之藝術性有損），或Book 3是否寫得太囉嗦（笑），篇幅所限，或可另闢專文討論。

伊格言

1977年生。國立台北藝術大學講師。《聯合文學》雜誌2010年8月號封面人物。曾獲聯合文學小說新人獎、自由時報林榮三文學獎、吳濁流文學獎長篇小說獎、華文科幻星雲獎長篇小說獎、台灣十大潛力人物等等，並入圍英仕曼亞洲文學獎、歐康納國際短篇小說獎、台灣文學獎長篇小說金典獎、台北國際書展大獎等。獲選《聯合文學》雜誌「20位40歲以下最受期待的華文小說家」；著作亦曾獲《聯合文學》雜誌2010年度之書、2010、2011、2013博客來網路書店華文創作百大排行榜等殊榮。曾任德國柏林文學協會駐會作家、香港浸會大學國際作家工作坊訪問作家、中興大學駐校作家、成功大學駐校藝術家、元智大學駐校作家等。著有《噬夢人》、《你是穿入我瞳孔的光》、《拜訪糖果阿姨》、《零地點GroundZero》、《幻事錄：伊格言的現代小說經典十六講》、《甕中人》等書。作品已譯為多國文字，並售出日韓捷克等國版權。本篇也收入於《幻事錄：伊格言的現代小說經典16講》。臉書：www.Facebook.com/EgoyanZheng，或搜尋「伊格言」。

無限增生的《1Q84》：Book 3 搶先直擊！

蔡雨杉

1.熱潮再現

甫於4月16日在日本上市的《1Q84》Book 3 截至4月3日統計預售了39.8萬冊，是2010年文藝類第一。Book 1~3且皆入十大排行榜。不消說，4月12日至18日此週書籍排行榜冠軍，《1Q84》Book 3 是當仁不讓。被《產經新聞》譽為平成第一大宗出版的《1Q84》，為免缺貨與抓緊熱潮，出版社新潮社特別將Book 3全國同時鋪貨。原本新潮社首刷50萬本，但經過眾書店要求，再臨時增刷10萬本，目前《1Q84》Book 3首刷60萬本，Book 1~3三冊共累印了304萬本。

去年5月發行的Book 1、Book 2也連續五週進榜蟬聯第一、二名。2009年度銷售排行榜則創下了第一與第三的成績。Book 1狂銷125.8萬冊，Book 2有101.7萬冊，加上目前Book 3的銷售成績，總計直逼267.3萬冊，更同時被選入「日本店員最想賣的書」與「2010年書店大賞」前10名。

原本在青豆口銜手槍畫面下結束的Book 1~2，像樂曲在高潮戛然而止，以為是最後一個音符，未料是樂章的間歇。心情未有準備的讀者，肯定被突如其來的Book 3的震天價響所驚嚇。讓人不禁隱見指揮者村上春樹的策動。原本眾讀者以為青豆從此香消玉殞，使得平均律走調，徒留下無救贖的惘然不解與兩造毀譽。但隨著2009年底新潮社在東京各大車站貼出3個Q的預告海報出現後，讀者便可嗅出青豆死而復生的味道。頓止的意外與待續的盼望創造出《1Q84》「戲裡戲外」的高潮迭起，是一場作者與讀者的心理拉鋸戰。

開卷第一驚是，Book 3將前兩集中來歷不明的「牛河」聚焦升格為主角之一。使得「青豆」與「天吾」的平均律變奏為三重樂，依照從第一章「牛河」，第二章「青豆」，第三章「天吾」的順序，互相追索，彼此詮釋。完成10組30章循環後，最後加上第31章天吾與青豆合為一章劃下驚喜句點。

前兩部牛河這個獐頭鼠目，自稱「新日本學術藝術振興會」理事的私家偵探，在Book 3受託祕密調查刺殺教團領導的嫌疑犯青豆下落。於混沌的摸索中，憑著過人直覺，漸漸嗅出青豆與天吾之間，不為人知的精神連帶關係。青豆則在 Tamaru 的縝密安排下，藏身高圓寺一間公寓，由於期待天吾再次造訪眼前的小公園，遲遲不肯變換身分逃亡，還發現自己「處女受胎。」天吾則對己身身世不明的在意，決定重訪 NHK 收費員父親一問究竟。不料在療養院的父親進入昏迷狀態，出於類似和解的情感，天吾持續朗讀各種文字給父親聽，包括自己的作品《兩個月亮》。

隨著牛河尾隨天吾再次來到小公園，牛河舉頭望月的舉動，讓不見天吾只看見牛河的青豆為之一驚，反向尾隨之後，青豆竟然獲得意外的線索……。

2. 看見兩個月亮的解謎人物「牛河」——敵對的理解者

牛河這號人物與《發條鳥年代記》中登場的牛河造型相仿，當然村上春樹將自身作品擴大，轉換焦點以打造另個世界的手法，讀者一定不陌生。在 Book 3 牛河不再是個扁平人物，他因醜陋外貌也有受歧視的心酸過去，積極自律而又自制，使命至上但有同理心，和 Tamaru 有共通之處。其推理讓早已得知青豆和天吾蹤跡的讀者，頻頻稱是。最耐人尋味的是，他也是少數看得見兩個月亮的「選民。」

牛河透過對天吾和青豆的身家調查，思索到兩人同病相憐的可能，同時為前兩集重新下了許多注釋。他了解到青豆幼小在證人會的褊狹觀念家庭中成長所受的壓迫，感嘆到「信仰的深厚與不寬容，常為表裡關係」（206 頁，以下只標頁碼處出自日文版 Book 3）。而小時常隨 NHK 收費員父親到處催討的神童天吾，牛河則稱之為，杜斯妥也夫斯基《罪與罰》中的拉斯柯尼可夫，「在劣等感和優越感的狹縫間，他的精神劇烈地晃動著」（200 頁）。牛河雖然是陰魂不散的跟蹤者，卻一針見血地釐清兩人的本質，並預測了兩人「宿命性的邂逅」（201 頁）。

Tamaru 曾對青豆說，「對事實來說最重要的是其重要性與精確度。溫度是其次」（156 頁）。而「有能且耐力強大的無感覺機械」牛河，實事求是，絕不感情用事，可說是該理論的實踐者。或許因此他得以看清《1Q84》世界的規則，也被選為村上春樹重新詮釋 1Q84 的代言人。就遭受不合理待遇的層面來說，「牛河就像變成蟲的格瑞格（筆者注：卡夫卡《蛻變》主角）」（309 頁）。牛河剖析三人的共通點後，貌似村上春樹的敘事者，補充道：「就不被正常的世界所接受這點來說，他們和牛河在相似的境遇之中」（311 頁）。誘導讀者發現牛河也應同情，或者更進一步理解人人有心酸過去，家家有本難念的經，寬容須是理解的前提。

但 Book 3 中，比起青豆和天吾，牛河的「罪」所受的「罰」——退場，也是來得最快的。Tamaru 從青豆口中得知，牛河憑著動物性直覺，迫近老婦人集團後，悄聲來到牛河藏身處。在拷問後欲手刃牛河時，突然提起榮格（CarlJung,1875-1961）仿曼荼羅圖打造工作室「塔」時，親手題的碑文「即使再冷，這裡還是有神」（505 頁）。說明這句話總能讓自己靜下心，並要牛河複述後才下手。Tamaru 在將牛河屍首交給先驅教團處理時，被問及有無為牛河致哀。Tamaru 表示「人的死經常伴隨著深深的哀悼」（515 頁）。在此刻，超越了宗教，牛河和 Tamaru 與先驅教團人士，共同意識到死的沉重與形而上的超越存在。一如榮格研究「原型」（archetype），最後發現：不分東西，人類的集體潛意識裡都有神的形象。

3.「系統錯誤」的補完計畫

（1）補完1：廓清1Q84的面貌

筆者曾在〈諾貝爾獎之前，《1Q84》之後〉（《聯合文學》雜誌第300期）上，指出《1Q84》的「系統錯誤」，提醒讀者勿要沿襲先前的閱讀經驗，否則恐怕產生副作用。雖然就作家的角度來說，早有續集的計畫，前兩集劇情的荒謬是刻意為之，以供Book 3加以修正。但當時讀者以為是上下集完結的態勢，其不祥的氣味，確實足以成為眾批判者之矢的。如同國內作家郝譽翔等的強烈批評，或日本《如何閱讀《1Q84》》評論集中的臧否意見，便是十分能理解的讀者反應。

如果說前兩集是作者構築小說階段的遍灑迷雲故佈疑陣，那麼循線解謎的牛河，所拼湊出來的重新詮釋，不僅是「系統錯誤」的補完程式，也是村上春樹對批判者的回應。提醒讀者回想起，其實早在Book 1開頭計程車司機為將前往1Q84的青豆送行時，便說「不要被外表騙了。所謂的現實經常只有一個」（Book 1，15頁）。或許前兩部是蓄意矇騙，只是我們像人生中很多重要時刻一樣，讀不出警語的重要性，而沿用了先入為主的價值判斷，不慎失足。

（2）補完2：向自我奮鬥的可能

前兩集最大的Bug（系統錯誤）是複製「死」的論述與「性」、「愛」無序的描寫。而Book 3

便極有意識地對症下藥。（可憐那些不慎出現副作用讀者，要到這集才有解藥。）

如前述的評論集中，佐佐木中〈對生的侮蔑、《死的物語》的反覆——這小說在文學上是錯誤的〉一文指出，在青豆身上重複麻原彰晃的「末世論」是文學上的失敗。彷彿是答「為」所問，Book 3 在青豆放下手槍之後，雖然沒有立地成佛，領悟到對抗「末世論」的方法，但心境有所轉變。最大的契機是與天吾相見的希望，促使她不再相信教團領導那「以青豆死換天吾生」的預言，她轉而相信自己。不再認為自己是被捲入1Q84的受害者。「我不是被誰的意思所捲入，不情願地被送往這裡的被動存在」（475頁）。青豆甚至發現自己「處女受胎」，懷了天吾的「小東西」，青豆因而表示了對泛稱為神（或是倫理秩序）的存在升起虔敬心。便開始積極扭轉自己在1Q84的命運。「像對照鏡一般，無限反覆延伸的悖論（paradox）。這個世界中有我，我自身中有這個世界。……我們被結合為一。恐怕是透過共時性地被包含在同一個故事的方式。而且那是天吾的故事，同時是我的故事，我也可以寫那情節才對。……最重要的是，結局可以由自己的意思來決定」（476~477頁）。因而天吾的章節開始感到「世界的規則開始鬆動」（230頁），產生改變的可能。

（3）補完3：對前行小說的祖述與推翻

另外，「性」、「愛」無序的描寫，主要出於天吾心繫青豆卻與已為人婦的安田恭子及深田繪理子有性交涉。安田恭子的失蹤在Book 3暫時還是懸案，姑且不談。對於與深田繪理子的性交涉，在青豆懷孕與天吾確認時，天吾才恍然大悟那天的深繪理非本尊Mother，而是連繫青豆隔空交合的分身Daughter巫女。雖然這個修正，不甚周到，還留下類似人造人或電影《AI》般的倫理問題。同樣是空氣蛹製造出的分身小翼，看到她的性侵傷痕還是令人對領導感到不齒。但總算天吾與青豆的純愛平均律又回歸原初秩序。祖述了純愛小說中不容背叛的兩情相悅，確保了讀者的預設情感。當然還有其他補完計畫在Book 3被執行，暫時留待讀者自行發掘。總之，如此一來，Book 3修正了許多「系統錯誤」，同時多少更廓清了創作1Q84的意圖。

有趣的是，在許多被批為「留下過多未發的伏線子彈」的系統錯誤被修正後，村上春樹又一派輕鬆推翻了契訶夫的名言。決定活下去的青豆向Tamaru說：「結果，可能到最後手槍都沒發射。雖然違反了契訶夫的原則。」Tamaru回道：「那不要緊。沒有比不發射更值得慶幸的了。現在二十世紀末已經接近尾聲了。和契訶夫所生的時代狀況有所不同。……世界即使經過了納粹主義和原爆和現代音樂，也總算活過來了。那之間，小說寫法也多所改變了。別在意。」（534頁）

或許《1Q84》真的是先行於我們歷來的價值觀小說觀太遠的世界，而我們還看不到出口。

待續的伏筆——Little People與曼荼羅

前兩部的費解之處，除了修正，也有延續。被稱為Little People的存在，在Book 3中幾乎銷聲匿跡，結尾時從死去的牛河口中再次出現，紡織新的空氣蛹。村上春樹曾在2009年6月16日《讀賣新聞》的訪談中提到，Little People是沒有實體的神話性象徵，存在人們集體記憶中，在某個特殊情況下啟動其機制。這和Book 2中領導對青豆的解釋一致，「被稱為Little People的東西是善還惡，並不知道。那在某種意義上是超過我們的理解和定義範圍的東西。我們從很早的古時候就和他們一起活過來。」(206頁)

這種集體潛意識的認識，正與小說中也提及的心理學家榮格理論契合。榮格在《心理學與鍊金術》(*Psychologie und Alchemie*) 一書中，探討過佛教想像宇宙的心靈圖像——曼荼羅的象徵意義。正巧與他自身思索出的心靈地圖不謀而合。若將曼荼羅比喻為房間，那麼進了一個曼荼羅後，眼前的門便又打開，揭示一個更大的曼荼羅，越往深處走出現越多。以為現在在世界的中心，其實是在一個圓的線上走著。《村上春樹去見河合隼雄》中村上所見的榮格學派心理學家河合隼雄稱之為「中空構造。」這或許可以用來想像1Q84的形貌。可能是「對照鏡」般的曼荼羅。而且接近尾聲的第27章天吾章標題還說「只有這個世界可能還不夠」(535頁)，敘事者甚至提示「那時兩人還不知道，但那裡是世界上唯一一個完結的地方」(551頁)。暗示1Q84的世界從此錯位為無數的曼荼羅世界。當青豆與天吾再次回到「原來」的1984年的世界時，他們就意會到那是第三個世界了。他們改變了1Q84，也會像電影《蝴蝶效應》般，改變原先的1984。

此外，榮格對道教及《易經》也頗有研究。如果以《易經．繫辭》裡有「一陰一陽之謂道」，「道」是陰陽消長秩序取得協調，相互循環不已的定義來看Little People，可以得到一些啟發。不過村上似乎重合上人性潛意識中的慾望變數，使得Little People的面貌更為多元。一方面，故事末尾Little People以牛河紡出新的空氣蛹，即暗示這種動力的生生不息。另一方面，就像童話《傑克與魔豆》中，賣魔豆給傑克的人物測試了貧窮傑克對金豎琴的慾望。是對富庶天國的慾望，促使傑克播種，讓魔豆長成巨樹，啟動實現潛藏慾望的機制。因此，為何Book 3題為「收在豆莢中的豆子」最終章，說兩人的見面是「世界上唯一一個完結的地方」的原因也可以領會了。當一切慾望沉澱並與所處的世界和解，心靈才能回歸本真。這一章可能也是青豆不再欲求死亡，天吾和父親和解才得到的一方淨土。

Book 4的二度翻案？——通往天吾（國）的青豆滿足於幸福現狀？

日本村上迷作家，古川日出男在2009年5月柴田元幸所編雜誌《monkey business》上發表了村上訪談錄。他認為村上春樹的小說持續地以「成長」為目標。以這個評論為真來看，《1Q84》在Book 3終結的確比起在Book 2結束更令讀者心感舒坦。但這樣追求成長如村上春樹，就此收場似乎離獲得諾貝爾文學獎還會有一段距離。更重要的是，他不斷進化的自身技巧也不允許他擱筆才是。

況且尚留下村上宣稱祖述杜斯妥也夫斯基的《罪與罰》問題需要解決。在老婦人的「正義」驅使下殺人的青豆，在與天吾重逢、受孕，感到人要靠倫理而活的幸福之下；下一步是否該意識，她的罪應當在倫理之下獲得懲罰？此外，青豆單純信仰「只要有一個真心喜愛的人，人生便有希望」的邏輯下，得到與真愛天吾聚首的恩典。這當然是個人的邏輯的至高完遂，但卻還未解決原本由探討社會問題入手的《1Q84》，該要面對的個人與社會倫理的交鋒問題。Book 3還只是止於個體幸福的論理，尚未破「蛹」而出，成長為綜合小說。總之，由Book 1（4月~6月）和Book 2（7月~9月），Book 3（10月~12月）的標示來看，下一集，可能以Book4（1月~3月）或Book 0（1月~3月），甚至改名為《1Q85》（1月~3月）再來都有可能。就Book 3對前兩集翻案的手法順暢來看，村上春樹在Book4再來一次對己身小說的顛覆，也是值得期待的。

蔡雨杉

又名謝惠貞。東京大學文學博士。文藻外語大學日本語文系助理教授。現旅居哈瑪星，觀照日本文壇大小宇宙。練習寫詩，安放當下。撰有論文《日本統治期台灣文化人的新感覺派的受容——橫光利一與楊逵、巫永福、翁鬧、劉吶鷗》、〈互相註解、補完的異語世界——論東山彰良《流》中的文化翻譯〉，以及村上春樹等日本作家相關評論訪談多種。

有了4 Books，何需Book 4：
四本非小說解讀《1Q84》

張明敏

讀完村上春樹的《1Q84》Book 1至3，相信大部分讀者心中仍然充滿許許多多的問號，因而期盼村上繼續書寫Book 4或「前傳」來解開重重謎團。為了破解閱讀《1Q84》的種種疑惑，我也曾嘗試從哲學、心理學角度切入，並閱讀許多前輩專家的分析評論文章，但仍感覺無法碰觸故事的核心。直到後來我從村上春樹本人自1995年起出版的四本非小說類的書籍（在此姑且稱之為「4 Books」）中發現可供解讀之途徑。這「4 Books」內容都與「故事」（物語）相關，分別是：《村上春樹去見河合隼雄》（1996，日本初版時間，以下皆同）、《給年輕讀者的短篇小說導讀》（1996《地下鐵事件》（1997）與《約束的場所》（1998）。其中只有《給年輕讀者的短篇小說導讀》（若い読者のための短編小説案内）未在台灣發行中譯本。以結果論來說，《1Q84》就是以「4 Books」為出發的「村上物語論」的展演。以下即以此視角出發進行探討。

我已經置身於天吾所建立的故事中

《1Q84》的主角川奈天吾是補習班數學講師兼業餘作家，他將美少女深田繪里子的口述故事《空氣蛹》改寫為小說，在這過程中發現自己改寫別人的故事竟比書寫自己的小說更認真而頗覺羞恥，從而希望找出潛在自己內部的故事，於是開始撰寫「以自己為主角」、「有兩個月亮的故事。」天吾的小說內容到底是什麼？雖然在《1Q84》書中並沒有明說，但是明示與暗示處處可見。簡而言之，在Book 1、Book 2中，天吾寫的小說就是《1Q84》中「女主角」青豆雅美出現的單數章節。到了Book 3，天吾也走進了青豆的故事、自己的故事裡。而此時，自然可以理解村上春樹一直都是隱含的「真正的」作者。

我並不是一開始就這樣閱讀《1Q84》，而是不加思索就把它視為和《世界末日與冷酷異境》或《海邊的卡夫卡》一樣以單、雙章平行進行，最後才出現交集的小說。事實上，在青豆的章節中才出現的教團「領導」明白宣示：1Q84與1984並不是平行的、兩邊並列進行的世界；到了Book 3牛河出現，小說以三個人物輪流敘事時，也顯示《1Q84》並非平行發展的小說。儘管如此，我似乎刻意迴避領導的那番說明，或許是因為在潛意識中覺得那長期侵犯少女們、痲痺著卻還堅硬地勃起的色魔的話語不足採信吧。

直到讀到日本作家速水健朗以及東京大學博士生小松原孝文等人的文章之後，讓我不得不正視《1Q84》並非平行世界，其實青豆是做為小說家的天吾筆下的人物的事實。而華文作家之中目前似乎只見董啟章由此視角閱讀《1Q84》，並且撰寫長文詳細舉證分析。這三位作者都指出在 Book 2 第19章中，當青豆閱讀天吾改寫的《空氣蛹》時，感覺到「我已經置身於天吾所建立的故事中了」、「我已經在他體內……被他的體溫包著……被他的理論和他的規則引導著，而且可能被他的文體引導著。」之前閱讀此段時，很容易把它理解為「青豆正在閱讀《空氣蛹》，當然覺得自己置身於天吾所建立的故事中。」然而，經過前述三位作者的提醒，才發現青豆確是天吾的人物，所謂「置身」是名副其實置身天吾編寫的故事之中，並非閱讀天吾故事的比喻而已。此外，回頭看看這一章的名稱〈Daughter 醒來的時候〉，不就在提示青豆就是天吾的 daughter 嗎？

Book 2 尾聲更證實了這一點。當天吾看到自己的「空氣蛹」時，裡面躺著的竟是十歲的青豆——那個曾經強有力地握著天吾的手的少女，而不是天吾本人。此外，Book 1 的第一章開場一幕中，當青豆搭計程車執行暗殺任務途中，並非古典樂迷的她聽到冷僻的《小交響樂曲》竟可以「反射性地」在腦海浮現所有相關背景資訊。為何如此呢？若以「青豆是天吾小說中的人物」的視角閱讀，也就代表青豆這個人物是天吾所有思想的投影，天吾把自己高中時參加學校管樂隊演奏的曲目移植到 daughter 青豆的記憶裡；借用《1Q84》的話說，青豆就是天吾的「心之影」。其他相關證明，可詳閱前述董啟章大作的說明。

提到「影子」，自然會讓人聯想到《世界末日與冷酷異境》（1985 年出版，以下略稱《世界末日》）的「街」的影子。在《世界末日》的終章，影子對「僕」說「製造出這個街的是『你自己』呀」，可見《世界末日》這本小說已揭示了單數章的主角「私」創造出雙數章「僕」的故事之書寫方式的原型。但自《世界末日》之後十餘年，在《1Q84》中，村上春樹更進一步對於「故事」或是「說故事」以小說的形式詮釋發揮。首先，村上如此詮釋「物語」（＝「故事」）：

故事當然是「story。」「story」既不是論理、不是倫理也不是哲學。而是你所繼續做的夢。在那「story」中，你擁有兩張臉，你既是主體，同時也是客體。你既是總合，同時也是部分。你既是實體，同時也是影子。你既是創作故事的「maker」，同時你也是體驗那故事的Player。」我們由於或多或少擁有這種多層的故事性，在這世界上才能治癒身為個體的孤獨。

（《地下鐵事件》，頁565）

日文中的「物語」，就是中文的「故事。」「故事＝物語」就是「被述說的物事」，亦即「敘事」（narrative）。董啟章在《在世界中寫作，為世界而寫》一書中表示，大部分的人探討《1Q84》時都圍繞著村上「寫什麼」，例如殺父、殺王，與邪教或國家機制的對抗等等。他認為更重要的是探討村上「如何寫」《1Q84》，例如他強調村上以純愛故事對抗世界。這些觀點都是幫助讀者理解的各種提示。不過我認為追究村上「為什麼寫」，更可以反過來理解「寫什麼」以及「如何寫」的問題。

村上春樹為什麼要寫《1Q84》這樣的故事呢？早在1995年前後，村上春樹在美國普林斯頓大學客座、日本發生阪神震災及東京地下鐵毒氣事件時，他就已經有系統地思考「物語」（故事）是什麼，以及小說家的職責是什麼這些問題。就前述的引文來說對照天吾寫青豆的故事，便能夠掌握「你既是實體，同時也是影子。你既是創作故事的『maker』，同時你也是體驗那故事的『player』」的意義。而何以需要「故事」？就在於「我們由於或多或少擁有這種多層的故事性，在這世界上才能治癒身為個體的孤獨。」村上春樹定義的「故事」，就是我們超越包圍著我們的限定的規範體制（或是理性的規範），而與他人進行同時體驗的重要祕密鑰匙。這是村上春樹於1997年在《地下鐵事件》中即已揭示的關於「故事」的思考。

不同調的故事：小說與奧姆真理教的差異

村上春樹如此注重「故事」與「說故事」，是因為經歷旅居美國及日本發生天災人禍後，他更進一步思考小說家的本質。在《約束的場所》中，村上表示他深深感覺到小說家寫小說這種行為，和奧姆真理教徒委身於宗教的行為，其中有非常相似的東西，但也有決定性的差異：

> 我把意識的焦點，調降到類似自己存在底層的部分，在這層意義上，我想寫小說和追求宗教，重疊的部分相當大。……不同的地方在於，在這種作業中，自己能夠自主地負起最後責任到什麼地步呢？我們以作品的形式可以自己一個人承擔這個責任，不得不承擔，而他們終究必須委任於師父或教義。簡單說這是決定性的差異。（《約束的場所》，頁228-229）

事實上，村上從根本上質疑奧姆真理教是否真能稱為宗教：

麻原彰晃這個人成功地將已經決定性損壞了的自我平衡，確立成一個限定的而且有效的體系……將那個人性的缺陷封閉在一個閉鎖迴路中，而麻原把那魔瓶貼上所謂「宗教」這個標籤。

（《地下鐵事件》，頁563）

奧姆真理教教主就以「宗教」之名述說他的「故事」，也就是麻原彰晃提出意象、教義與教團操作的結構方式等，那對村上而言是相當稚拙、樸素的故事（《村上春樹去見河合隼雄》，頁59-60）。然而，因為現今資本主義社會中，故事太精緻、太專業了，導致無法分辨故事虛構性的一些人反而相信了麻原稚拙的、神化了的故事或教義，結果把自己的所有交由麻原安排。因此村上表示，奧姆真理教的信徒「把自我這個貴重的個人資產交給麻原彰晃；也就是說，你喪失了自己的故事，你讓渡自我給麻原彰晃，領取新的故事。因為你讓渡實體，代價就是得到影子。」這就可以說明為什麼到了「貓之村」就回不去，而且消失了。因為你只剩下影子。

在《1Q84》中，領導是個全知全能的人，他說「一旦進入1Q84的世界，就沒有回去的路」，因為領導本人正是處於這樣的狀況：在不知不覺之間，領導的眼睛無法承受強光、全身會僵硬麻痺動彈不得，而伴隨麻痺而來的劇烈疼痛與疲憊，那疼痛除非斷絕生命否則無法消除。若從村上與心理學家河合隼雄談論奧姆真理教的教主的對話，就可以理解這段情節的意義：

村上：麻原所提出的故事的力量，已經超越他自己本身的力量。

河合：故事所擁有的影響力已經超過那個說故事者的影響力，使那說故事的人自己也成為故事的犧牲品……所以麻原在最後，可能也想停下來。但想停也停不下來。

回到《1Q84》，那麻痺卻堅硬勃起、想停也停不下來的領導，由於擔憂自我了結會造成教團大亂，於是必須利用青豆這位 Little People 無法毀掉的特別人物來結束自己的生命。領導在與青豆交談之間展現他的全知全能與超能力，然後給了青豆一個故事：天吾和青豆只能一個人存活。讀者在 Book 2 尾聲眼看青豆為了讓天吾存活，就要飲彈自盡。以村上春樹的物語論說明，就是青豆「領取」了領導的故事。然而，所幸在村上的故事論中，人物是主體也是客體，於是到了 Book 3，青豆變成了「主體」，她抵抗了領導的故事的封閉迴路，打破她和天吾只能一個人存活下去的規律，開始採取主動，甚至帶領天吾行動、懷了天吾的小東西。相對於領導的教團裡那些 daughter 是不能懷孕的，青豆甚至沒有實際和天吾性交就已懷了小東西。為什麼？因為她並沒有把自我讓渡給領導，她發展了自己的故事。那就是「小東西」的意義。

村上透過《地下鐵事件》與《約束的場所》的採訪過程，發現希望自己必須徹底追究自己內在的垃圾和缺陷，他認為這才是他做為一個小說家，長久以來一直想要做的事。村上嘗試要寫小說來對抗類似麻原彰晃虛構的這種「神話化的故事」，在《1Q84》中，就是指「領導」代表的宗教集團或 NHK 所代表的國家機器，或諸如此類的組織或體制。原來加入奧姆真理教的人，難道不是希望去除內在的垃圾和缺陷，追求更好的自我嗎？他們的出發點是善，最後為什麼會變惡呢？就是因為他們的故事是封閉的、沒有出口的，而且是要信者交出自我的故事。這就是小說家和奧姆真理教信徒最大的差異。

故事、自我與世界

青豆的人生哲學是：「我移動故我存在。」以《1Q84》整體故事來看，就表示青豆在入口與出口之間移動。在青豆準備自殺的那一幕，有一些不知從何而來的敘述聲音：Big Brother 在看著你、Little People 出現了。我個人的解讀是，如果青豆就此結束生命，就會是 Big Brother ＝領導的故事的犧牲品，她將成為 Little People 出入的通道而已，甚至連自己的空氣蛹也沒有了。所以青豆必須繼續移動，尋找出口。

若參考村上在美國普林斯頓大學講課內容結集的《給年輕讀者的短篇小說導讀》一書，其中「移動的自我」也許可以說是解讀青豆人生哲學之鑰。村上在本書中討論日本戰後「第三新人」一派作家的短篇小說，他以甜甜圈式的同心圓表現「自己」(Self) 與「自我」(Ego) 的關係——「自我」是被包含在「自己」之中的小圈圈，村上嘗試以「自我」面對外界作用採取的方式，來解說每位小說家不同的特色。在說明吉行淳之介的一章，他指出在吉行的小說中，主角的「自我」採取不斷「頻繁地移動」的方式，讓自己的位置不停地移動，「藉著挪動，至少可以在『小說上』迴避與外界的正面的對立。而經由迴避與外界的對決，也盡可能迴避了與自我的正面對決。」(48頁)

然而，村上也強調，那是「小說上」的迴避，現實的世界並非烏托邦，沒有人能迴避外界的對決。在 Book 3，最後青豆和天吾找到了出口，乍看似乎回到了原地，因為原來的汽油廣告的看板還在，然而看板上老虎拿的加油槍已改變了方向。董啟章將這一幕看得較為悲觀，認為「世界之外還有世界」需要我們去對抗。但我認為村上在此傳達的訊息毋寧是相當正向的：儘管到了另一個世界、另一個「1Q84」，我們面臨的其實不只是與外界或世界的對決，更大的部分是自己與自我的對決。也就是說，村上春樹即使在「小說上」也不願意迴避與自我的正面對決。在村上的故事中，青豆仍然移動，但那並非逃避。

若循著這道線索，可以發現《1Q84》中天吾與青豆的故事，或許從來就不是「純愛故事」，而是「自己」與「自我」的故事。為什麼天吾的「空氣蛹」裡是十歲的青豆呢？十歲的青豆在無人的教室握著天吾的手，到底給了他什麼包裹呢？假如再回溯青豆為何向天吾握手致意，是因為天吾為青豆解圍，讓她免於被其他同學揶揄、精神霸凌，那是天吾一生中少數積極而主動的行動。於是，天吾的「空氣蛹」何以是少女青豆的另一層意義也就浮現出來：它要天吾重拾當年那個解救青豆的主動與積極的自我。追求愛，也是主動與積極的自我的一種表現形態。

為什麼村上春樹要沉澱十餘年，把四本（或四本以上）的非小說內容書寫成《1Q84》呢？主要的目的之一，就是要對抗奧姆真理教、NHK等這樣的組織或國家機器：「麻原的故事終究被他的偏執妄想所污染，社會居然沒有預備能夠對抗那偏執妄想的有效免疫源式的故事。」（《約束的場所》，頁223）村上在接受《讀賣新聞》的採訪時也曾表示：

即使「壁與卵」的演說被認為多麼動人，這種直接的訊息遲早會被消費，然而所謂物語是全部進入人心。

如果主題或訊息能將難以表達的靈魂部分簡單易懂地言語化，立刻進入人心的話，小說家就可以用語言確實地將難以表達的東西的外圍固定起來，全部引渡給讀者。讀者在閱讀時，如果能發現小說家用語言包裹在作品中的真實，這不是很高興嗎？（2009/6/16）

因此，如果讀者發現了村上春樹「用語言包裹在作品中的真實」，又何必需要Book4，或者「前傳」呢？一味地向村上索取「解答」，就等於成了「村上教」的信徒不是嗎？重要的是，「空氣蛹」、Little People等等意象，會進入人心，與讀者的生命故事擦出火花。

以上淺見，僅僅只是一種讀法而已。若是村上讀了之後應該會說：原來也有這樣的讀法啊，或許是這樣也不一定……。村上本人是不會提供解答與評論的，因此可以想見，即使村上寫了Book 4，為我們提供一些新的線索，但也可能會產生新的疑團吧。

張明敏

美國哥倫比亞大學教育哲學碩士、高雄第一科技大學應用日語碩士、輔仁大學比較文學博士。曾任日本東京大學文學部外國人研究員。曾獲台北文學獎、香港青年文學獎翻譯文學獎、日本交流協會獎助。著有《村上春樹文學在臺灣的翻譯與文化》等。現為健行科技大學應用外語系助理教授。

村上春樹新作《刺殺騎士團長》：一場召喚理型、復生隱喻的總動員

蔡雨杉

一、大叔的轉身，互文的集大成

新作取材自莫札特歌劇《唐璜》中，唐璜刺殺美女安娜之父、騎士團長（Il commendatore）的場面，同時指稱作中畫家的日本畫翻案，暗喻一場刺殺納粹未遂的事件。《刺殺騎士團長》截至二〇一七年三月八日，初版共計第一部七十萬、第二部六十萬總計一百三十萬冊（《ADUER TIMES》2017.3.8），創下村上小說中的新高。

雖然發售日二月二十四日當天，有右派小說家百田尚樹在推特上諷刺，書寫南京大屠殺會在中國暢銷，甚至有網友留言指出死亡人數不符實情。但如同藤井省三在〈村上春樹中的「南京大虐殺」——新作《刺殺騎士團長》中的中國〉（《日本經濟新聞中文版網》2017.3.20）所言，只要有人傷亡，都是值得關注的事件。高澤秀次〈村上春樹《刺殺騎士團長》是期待中的傑作〉（《東

洋經濟》2017.2.28）則指出，新作打破「喪失─探索─發見─再喪失」的歷來模式，並指出理型世界並非「非現實」，而是「另一個現實」，是為評價的重點。

新作不僅繼承書腰上的年譜《發條鳥年代記》、《海邊的卡夫卡》、《1Q84》的命題，甚至還魂行文當中的譬喻，來了一場轉生大戲。從《發條鳥年代記》中失去妻子進而在新作復得；《海邊的卡夫卡》中「殺父」的少年終於獨立；並補完《1Q84》的「系統錯誤」，探究集體潛意識中的形象如何影響人類。

復加上近作的自我療癒主題，從《沒有女人的男人們》的〈木野〉被鼓勵承認妻子外遇造成傷痛，進而展現溝通誠意，並且將《沒有色彩的多崎作和他的巡禮之年》（以下略為《多崎作》）的巡禮當作昇華的養分，於焉成就了一場重返命題初衷的超展開，創造了一場自體互文的集大成。

其一，以探究散見各作的「我」的特性，回答失去女人的男人們何以命苦。在開頭妻子片面提出離婚，男主角「我」繼《沒有女人的男人們》之後，更大膽告白那「超乎預想地傷了我。……感情擺動的弧線，在我肌膚上留下血淋淋的傷痕。」（日文版，275頁。以下引用皆出自日文版。）直視傷口，甚至破天荒地反省「或許我心中少了什麼無法堅持的傾向，所以才對結婚帶來阻礙」（140頁）。他像多崎作一樣，「看著鏡中的自己，我想畫畫自己的肖像畫。……我是否對自己有著一絲半縷的愛情」（38頁）。自問自答清洗記憶，也順帶解釋了短篇〈鏡〉所言的「鏡中的我不是我」到底是誰。那極可能是「可能在某處分岔為二的自己，假想中的其中一半。是自己從來沒選擇的那一半的自己」（56頁），試圖把自己愛回來。

其二，新作中妻子也叫柚（ユズ），和《多崎作》的白妞相同，「我」也曾在性夢中強暴她，並使之隔空懷孕，這和《1Q84》中青豆「處女懷胎」的機制互文，並隔空回答了《多崎作》中夢境行為是否須負責任的命題。新作一反常態，「我」自己離家出走，真實面對自己的黑暗面，並且首次反省原因，「對她而言，一定是對於我們的婚姻生活有所不滿。妻子和妹妹畢竟是完全不同的人格和存在。我已經不是十幾歲的少年了」（50頁）。頗有從永遠的少年畢業的決心。

其三，第二男主角免色涉（Menshiki Wataru），「免去顏色」的命名，當然意識到沒有色彩的多崎作，以及《麵包店再襲擊》渡邊昇（Watanabe Noboru）、《發條鳥年代記》裡的岡田亨（Okada Tooru）和綿谷昇（Wataya Noboru）的命名。免色為了窺視女子而不惜重金買下豪邸的設定，則是向《大亨小傳》致敬。

免色的白髮，也使人思及《人造衛星情人》中的妙妙。窺視與反窺視，成為極具意義的鋪陳。免色甚至擁有《東尼瀧谷》中同尺寸的女性服飾衣櫃，作為他的「精神的一部分，祭祀於『神殿』之物」（515頁）。然而他具有自我肯定和否定的兩種矛盾的性格。一方面說，「我雖然只是土塊，但我也是相當不錯的土塊」（145頁），另一方面則是因為接近麻里繪，而「覺得自己此前所過的漫長歲月，似乎都消逝在無所作為之中」（131頁）。而這也疊合了多崎作巡禮前後的對照語法。上述這些互文間的差異性重複（repetition with difference），雷同而不同之處，正是新作的飛躍之處與可讀性所在。

二、現前的理型（idea）和變動的隱喻（metaphor）總動員

除了上述人物與情節的互文集大成之外，故事的「重組模式」在第一部定調為「迴旋的故事及變裝的詞語」，第二部則是「渴望的幻想及反轉的眺望。」日文的「旋回」有像迴力鏢一樣畫圓回到原點的意思，也有飛機駕駛轉換前進方向之意。在新作當中，兩者的痕跡皆可見。

整部小說後設性地暗喻村上創作的模式，把寫作技法擬人操演，道破各種意象的含意，頗有小說版《身為職業小說家》之興味。除了定調「重組模式」之外，也召喚理型（idea）復生隱喻（metaphor）作為拼裝零件，成為祕密通道，串連人物潛在意念，使生靈、夢魔皆陣列在前，是一場急急如律令的總動員。

而它們所構成的祕密異界是「眼睛所見皆是『好像什麼』的東西，誰也不知道真實為何……全是關聯性的產物」（371 頁）。這與「只要你相信全部都是真的」的《1Q84》命題，都直指認識論的侷限，人們活在信念的世界中。

此外，理型的探討積極地 Cue 出《1Q84》Book 3 所埋下的待續伏筆——Little People。Little People 在此轉生為性格中立，善與惡取決於人心傾注的能量的理型＝騎士團長，明示理型解決了《1Q84》的「系統錯誤」（Bug）和 Little People 之謎。此外也抽象化《海邊的卡夫卡》的殺父對象，修正了那些歸因於現實與非現實界線模糊，致使與常人倫理感違和之處。

女性的理型則由關鍵畫中的安娜總括代表，並與《1Q84》的深繪里等巫女形像互通。「我」不時受女性的引導，雖說新作是尋找耳朵形狀美麗的麻里繪的冒險，卻同時疊合了三個生命中重要女性形象的追索。分別是像〈下午的最後一片草坪〉一樣留下維持原樣房間死去的妹妹、外遇的妻子、與肖像畫的對象麻里繪。「我當然是想畫秋川麻里繪的身形，但同時其中似乎也揉合了我死去的妹妹（小徑）和曾經的妻子（柚）的身影……或許我在秋川麻里繪的內面，尋求著在人生路上所失去的重要女性們的形象。」（200 頁）

隱喻則由長臉男代表，邀請「我」到地下的世界，宛如村上春樹曾以潛入地下室尋找靈感的「房間」意象的開展。「在眼前，形而上學式的記號和形象和象徵陸續出現。……像無意識的世界的形態呢。」（《為了作夢，我每天早上都要醒來》，156 頁）

此外，村上小說世界的穴井，也得到說明，穴井是「像通道之物，會召喚許多東西進入其中」（251 頁），是創作生成的過程，絞盡腦汁這條必經之路。而隱喻也成了在各部作品之間串連的形象、異界的通道與居民。透過這神祕通道，不僅繼承了〈神的孩子都在跳舞〉中「神的旨意」的讓妻子受胎，「之所以不小心懷孕，也是其中的顯化之一（525 頁）」，也反映了他自身回顧開始寫小說的奇妙契機，在看棒球時，覺得自己可以寫，「我作為記錄者的角色，或說資格，是誰賦予我的呢？」（169 頁）這種自我肯定與恩寵感。

諸多理型和隱喻有意識地被串聯與對照，大至西洋與東洋共通的傳說（希臘神話奧菲斯和

《古事記》伊邪那岐的冥府救妻），以至詩文音樂、繪畫之間，被賞析者賦予故事的串連，共有故事的連結通道。一如後設地指涉村上文學的自體互文和現實的人際網絡。闡述了現實轉為符號記號，成為記錄記憶，於是構成了我們的感知世界，信念構成實相，實相創造信念，周而復始的動力結構。小說最後在理查・史特勞斯《玫瑰騎士》反覆甘美的旋律中，將故事收尾在愛麗絲永遠三點的下午茶，一場〈蜂蜜派〉的甜夢中。

三、交流中譜出自我救贖的鎮魂歌

村上早期作品往往被評為疏離（detachment），然而新作的主題可說是「透過交流（commitment）而可能的救贖。」《黑夜之後》、《海邊的卡夫卡》開始使用第三人稱、其後在《沒有女人的男人們》的報章訪談間，也透露對活生生人群感到關心。此作更是直指「我」與雨田具彥、免色涉和麻里繪之間「有著確實的生命交流」（111頁）與信賴。

村上的交遊也投射在作中角色。在偏愛「德國系統的古典音樂」（203頁）的雨田具彥身上，可見「無論如何都想指揮德國音樂」的小澤征爾之身影。還可遇見河合隼雄化身騎士團長，解說潛意識中的理型。本名渡邊昇的插畫家安西水丸，藉免色涉還魂。

再者，愛丁堡國際圖書節上村上曾在〈村上春樹：我只想一個人安靜地待在井底〉（《新京報書評周刊》2014.8.25）中透露，其父親二戰中到過中國，自言因此他繼承了其父的記憶。新作回憶德奧合併、南京大屠殺、三一一地震等歷史事件，用意皆在於關懷自歷史洪流生還的人們，所懷抱的罪惡感。

神戶大地震後《神的孩子都在跳舞》對災害不忍卒睹，新作則從《多崎作》及《沒有女人的男人們》的面對，展開了救贖的開始。積極承認「不管有沒有資格，人在應該受傷的時候，自然就會感到受傷」（295 頁）。這不僅是對個人的慰藉，也連結到三一一地震仍將持續被記憶，並安慰了未能與所愛之人共生死的生還者，解放罪惡感的傷痛。

新作可說是透過記憶共有歷史，如同村上本人所言，「將歷史看成是探索自我的一個路徑」（《新京報書評周刊》）。在懷抱傷痛的人生轉換期，「放下自我意識，在人生某個時期有其意義」（144 頁）。新作不啻是一帖蟄伏轉換期的定心丸，它告訴我們不幸是「偽裝的幸福」（142 頁），是多麼痛的禮物。或許「你接受事情的時間，比普通人花時間，但長期看來，時間是站在你這邊的」（60頁）。

和多崎作一樣覺得「空虛」的「我」，轉而主動探索自我的可能性時，試圖學習前行者雨田具彥的人生中「不畏懼改變生活方式的勇氣、讓時間站在自己這邊的重要性」（83頁）。而具彥的翻案，也是「我」抱著必死決心下黃泉，追回妻子，迎來重生的寓意。

小說中的刺殺，隱喻著「殺父」情結，在創作上有積極正面意涵，是前行者典範的大往生，並超渡雨田具彥及村上父親的遺憾，開啟了世代繼起的大轉生。

由妹妹「小徑」帶領，尋回妻子，獲得了女兒「室」，走過《村上春樹雜文集》中所言的一個又一個的房間（曼荼羅），新作可謂來到鄰接最多村上小說世界（其他曼荼羅）的中心。佛教稱之為世界之主，也象徵人的內心。向內探求自己行為模式背後，決心切斷依賴，穿越自相矛盾的雙重隱喻（自我暗示），便有可能在無盡的關聯中，繼起新的世紀。

（以此文紀念住過村上春樹和敬塾宿舍、執導《飛啊！卡夫卡》、《藥笑24小時》的劉振南導演。死是生的一部分，我們仍在無盡的關聯中。）

蔡雨杉

又名謝惠貞。東京大學文學博士。文藻外語大學日本語文系助理教授。現旅居哈瑪星，觀照日本文壇大小宇宙。練習寫詩，安放當下。撰有論文《日本統治期台灣文化人的新感覺派的受容——橫光利一與楊逵、巫永福、翁鬧、劉吶鷗》、〈互相註解、補完的異語世界——論東山彰良《流》中的文化翻譯〉，以及村上春樹等日本作家相關評論訪談多種。

一幅村上春樹世界的自畫像：《刺殺騎士團長》

盛浩偉

2017年2月24日，村上春樹新作《殺死騎士團長》（騎士団長殺し，中譯書名為「刺殺騎士團長」）出版，隨即引發巨大的話題與關注。此次新作事前保密到家，出版社絲毫沒有透露小說內容，僅公布了書名——殺死騎士團長，Killing Commendatore——與兩卷的構成：「顯現的理型」以及「推移的隱喻。」久違的長篇，大膽地使用抽象概念（「理型 idea」、「隱喻 metaphor」）當作書名，再加上毫不文青、反倒充滿 RPG 電玩風格的書名，在在都令各界的好奇高漲，也使這套書首刷就印了130萬冊。然而，真正的話題性卻不在內容，而是出版後沒隔幾天，由日本右翼文化人、知識人為首在推特上發難抨擊，也掀起網路右翼的跟進批評。

事實上，這些受批評的部分不過九牛一毛，在一千多頁當中僅佔一頁不到。而且，村上的故事也一如既往，難以簡單劃分或概括，而是充滿各種曖昧的細節，甚至，《殺死騎士團長》可以說是歷來作品當中最為紛雜的一部。特別是其「用典」——無論是引自他處，或引自他自己筆下的村上春樹世界。後面這點早已被許多評論與村上粉絲提及，並由此展開各種解讀與詮釋。

故事是由36歲、以畫肖像畫為業的「我」某天突然被妻子要求離婚開始。受此打擊，「我」開始離家流浪，後來受到美術大學時期的好友雨田政彥之邀請，因而住進其父雨田具彥的工作室舊宅中。雨田具彥是十分出名的畫家，但「我」卻在工作室舊宅的閣樓中，發現一幅具彥未曾載錄在任何地方的作品《殺死騎士團長》。

這幅畫之題目，取自莫札特歌劇《唐・喬凡尼》的開頭，歌劇中，主角唐璜本欲非禮未婚女性安娜，故身為騎士團長的安娜父親便出現與唐璜決鬥，最終卻被唐璜殺死。神奇的是，雨田具彥竟將這個場景「翻案」為日本飛鳥時代（約6世紀末至8世紀初）的日本畫，更重要的是畫面左方，竟有歌劇中不存在的長臉男從地底探頭而出。

「我」對這幅畫十分在意，想追求畫背後的謎團，而後，又在現實中遇見一位謎樣的白髮富豪免色涉，進而又遇到一連串不可思議的事件，例如畫中那位被刺殺的騎士團長竟出現在現實世界中，並自稱為「伊狄亞（即理型 idea）」──這是為何第一冊取名為「顯現的理型。」

進入第二冊，隨著謎團一一揭曉，「伊狄亞」要求「我」將之殺死，重現畫中場景；而「我」照做後，隨之是畫面左方那位神祕的長臉男出現，並開啟了一條「隱喻通道」，使「我」進入其中接受試煉。──這是第二冊「推移的隱喻」所指。最終，時間來到三一一大地震前後，「我」回歸現實，與妻重修舊好，並生下一女；村上也一反過往結尾失落的常態，在故事末段給予正面希望，更讓小說終止在這一句上：『騎士團長真的存在。』我對著在身旁熟睡的室（按：「室」為女兒之名）說道。『妳最好要相信。』」──強調了「相信」的力量。

由上可見，此次的小說故事依舊難以簡單概括，情節也曲折蜿蜒，甚至經過這樣的重述之後不免有些瑣碎莫名；然而，小說中的每個轉折都確實帶有說服力，且村上也總是懂得在這種細節轉折處去堆疊解讀的提示。村上有意藉著「肖像畫」畫家「我」對繪畫的意見，來寄託自身對文學創作的思考；莫札特的歌劇是音樂的、聽覺的，肖像畫的繪製是圖像的、視覺的，而小說中最少提及的文學乃是符號的、抽象的，換言之，藝術創作在不同媒材與形式的轉換，或許也是這部小說的另一重點。

而將「西洋」題材改為「日本」畫的設定，也隱射著藝術與文化在世界與地方、普遍性與獨特性之間的拮抗張力（小說中也提及，相較於理論體系嚴謹的「西洋化」，「日本畫」基本上是由畫材所定義的畫種，然而實際判定上還有許多曖昧之處）；若回想起過往日本文壇對村上春樹作品的評價往往是「世界性的」（換言之，缺乏「日本性」），那麼這樣刻意的設定就顯得耐人尋味。

日本與世界的思考，也反映在此次典故的取用上。特別是書中同時出現了《雨夜物語》、森鷗外《阿部一族》，以及《大亨小傳》。而騎士團長所自稱的「伊狄亞」，也直接指涉著哲學家柏拉圖；更甚，小說情節中，「伊狄亞」要求「我」將之殺死的場景正是在一井下的地底石室，而後「我」在地穴中穿越「隱喻通道」而回到地面，這也是化用柏拉圖的地穴寓言而成。如果說過往村上小說中出現的井所扣連的是佛洛伊德精神分析理論中的本我（id，日文中與「井（いど）」同音），那麼此次加入地穴寓言的要素則是豐富了意義，拓寬讀者的解釋可能。

日本翻譯家鴻巢友季子提出了一個頗為有趣的看法，認為《殺死騎士團長》可說是將西洋「肖像畫文學」的系譜「翻案」進入日本的文脈中，且若再考量到其懸疑推理與解謎的趣味成分，或許可以上接愛倫坡〈橢圓形肖像〉、王爾德《格雷的畫像》、阿嘉莎・克莉絲蒂《未完成的肖像》乃至傑佛瑞・福特《查布克夫人的畫像》等等。

沿著鴻巢的這個觀點繼續深化，其實不難發現，《殺死騎士團長》就是村上春樹對自己筆下世界的自畫像。「繪製肖像畫所必須的，不用說，是能夠精準掌握對象臉孔的能力，但是光是那樣是不夠的。……繪製栩栩如生的肖像畫所必要的，是能夠讀取對象臉孔的核心的能力。」——因此，過往村上世界的要素（那些人物、角色形象、物件、故事模式）在此全部披上新的外衣，再次登場，卻依然都有著相同核心。但是這並不意味著因襲陳套，而是一次對過往的結算——這正是「殺死騎士團長」的另一層意涵：被殺死的騎士團長，同時也是「父親」的角色，因而這種另類的「弒父」，也暗含著新的起點；而此次使用的第一人稱「我」，雖然可以看做是一種回歸原點，但這個「我」在日文中是「私」而非「僕」，且這是村上第一人稱小說中首次出現「私」的作品，換言之，這同樣指向了他回歸原典、重新出發的意欲，也是邁向創作的新階段的宣示。

不過，村上作品的曖昧性卻也沒有讓這個宣示看起來這麼理所當然。小說中唯有少數幾處使用「僕」，而且是第一人稱複數的「我們（僕ら）」——那是在第一冊第十章，且此章標題就取為「我們撥開高而茂密的綠草。」第一人稱複數開啟小說另一層閱讀可能，或許，許多不可思議而看似奇幻的人物、事件，都是「我」在自身精神內搏鬥的痕跡，透過與（無法同一的）自身的對決與和解（此即試煉？），「我」才能重獲「完整」，回歸世界。

這可以算是村上春樹小說最大的特色了——曖昧。對於喜歡的讀者而言，這是允許各種解讀的可能，但對於不喜歡的讀者而言，這也是消解各種解讀的可能。它最終構築出的作品，更異於一般優秀小說的精準整練，更接近現實世界的雜多紛亂。讀者或許能從中找到意義——即使可能是讀者自身「幻想」的，也或許這份意義會消失在閱讀的娛樂性享受中。不過，回到《殺死騎士團長》所引起的右翼批評與輿論關注，這樣貌似消極而封閉的小說世界，終究發揮了影響現實的力量。

盛浩偉

一九八八年生，台北人。台灣大學日本語文學系、台灣文學研究所，赴日本東北大學、東京大學交換留學。曾獲台積電青年學生文學獎、時報文學獎等，參與編輯電子書評雜誌《秘密讀者》。曾出版《名為我之物》，合著有小說接龍《華麗島軼聞：鍵》、非虛構寫作《終戰那一天》等。本篇原刊載於《說書 Speaking of Books》網站。

從《聽風的歌》到《刺殺騎士團長》

郭正佩

或許有一天我終於能畫出無臉的肖像。就像某一個畫家能畫出〈刺殺騎士團長〉的畫那樣。但到那樣為止，我還需要時間。我必須爭取時間才行。

～「前言」・《刺殺騎士團長》・村上春樹

闔上《刺殺騎士團長》第二部最後一頁，回頭重讀一次前言。深深吐了一口長氣，心情有些沉重。

難道，接下來的人生就如此被預言了嗎？

二十多歲讀完村上春樹自傳性散文集《遠方的鼓聲》之後，我便反覆遙望預想自己從三十七歲變成四十歲，迎接人生中這個具有重要意義關卡之際，到底該選擇一些什麼，並捨棄一些什

麼，進行什麼樣精神上的轉換？（在完成那精神上的轉換之後，不管喜不喜歡，都已經不能再回頭了）（出自《遠方的鼓聲》）

之間，我在東京小公寓，感覺自己無論如何不知該如何前進時，便唸經似把村上春樹所有小說、散文、雜記排列整齊，從《聽風的歌》開始，按著時序，一本一本重新閱讀。這樣集中精神的過程大約需要一個月左右，以結果來看，到此刻總共進行過三次。

龐大文字中，應該能讀出什麼隱喻，應該能找到幾行字，鎮定不安的心，指引我繼續往前？

「你確實是累了。疲倦、害怕。任何人都會有這樣的時候。覺得一切的一切好像都錯了似的。所以停下腳步。」（注1）小說《舞．舞．舞》裡是這麼說的：

「總之就繼續跳舞啊。……不可以想為什麼要跳什麼舞。不可以去想什麼意義。什麼意義是本來就沒有的。一開始去想這種事情時腳步就會停下來。……好好地踏著步子繼續跳舞。這樣子讓那已經僵化的東西逐漸一點一點地放鬆下來。應該還有一些東西還不太遲。」

「跳舞吧！」每每當我不知所措在如今的社群媒體上叨唸這幾個字時，總能有幾個也從那個時間點開始就讀著村上春樹的朋友共鳴。

這樣，二十多年過去了。我應該可以算是努力踏著步子繼續試著跳舞了吧？不知道有沒有讓人佩服，不過總之面對四十歲到臨之際，好像也勉強選擇了一些什麼，捨棄了一些什麼，完成某種精神上不可能回頭的轉換了？

這樣，四十歲關卡過去幾年後，我迫不及待翻開《刺殺騎士團長》，一口氣讀完這部等待七年新作。和搶購一百三十萬冊首刷版讀者相同，就算完全不知道新書內容是什麼，仍然非讀不可。

其實我想知道的是，總算過了四十歲這個大關卡，彷彿通過精神上轉換，卻仍然站不穩怎麼調整腳步總還跳不好舞的自己，這下又該做什麼？

「怎麼辦，讀完《刺殺騎士團長》，我感覺非常惆悵。」我說。坐在咖啡館，對面是二十幾年前，特地把《遠方的鼓聲》介紹給我的朋友。

「我感覺胸口有一股氣，很難簡單明白說，好像自己的人生被預言了。」

「怎麼辦，讀完《刺殺騎士團長》我一點感覺都沒有吔。」朋友說：「打開第一章，看到男主角又是三十六歲，還是莫名其妙被老婆拋棄，然後那個洞又出現，我就冷掉了。」

「是這樣沒錯，可是你知道嗎？我覺得好可怕喔！

我想，可能任何人的人生中，都需要有大膽轉變的時期，如果那樣的機會點來臨，就必須迅速抓那尾巴才行。牢牢地用力抓緊，絕不可以鬆手。（注2）

《刺殺騎士團長》裡，有一段又是這麼說的。我想自己應該已經很大膽地用力牢牢抓緊機會，迅速抓起機會的尾巴，也大膽地轉變了。可是幾年下來，我怎麼覺得自己還是在**洞**裡？還是在**井**底？總之非常非常努力了結果還是留在**原點**沒辦法出發……。」

「所以隱喻著這種事，我們永遠可以在同時找到反面的解釋。」

朋友說：「過去三十年我就這樣被村上春樹的隱喻控制走到今天，結果過了三十年，男主角居然還停留在三十六歲。」

「這就是我覺得可怕的地方了。我試著好好側耳傾聽，儘量小心注意，試著觀察所謂：

啊，現在就是時候了！這樣。到那個時候，諸君應該就會知道。現在正是時候。諸君是有勇氣的聰明女孩，會知道的

的**契機**。應該算把能用的東西全部都用上了噢，也全力以赴了噢。但為什麼直到今天，每個早晨醒來，還是感覺：

每天只有不斷地製作無……每天每天都在「製作無。」或者我已經相當習慣於每天面對那「無」了，就算沒說也已經變得很親密了？」

我說：「還有，可能有點離題，不過為什麼當我坐在這裡對你碎碎唸製作無的同時，你卻能手不離電腦繼續工作？」

「對我來說這就像把硬幣從左手啪一下換到右手一樣簡單，我過了二十年，最終還是坐在這裡完成一篇稿子，然後喝掉一根指頭高的威士忌，不就是小說裡所預言的生活嗎。」朋友脫口而出這段話，我們都笑了。

威士忌是我幫忙倒的，在放著冰塊的玻璃杯裡倒入一根指頭高左右威士忌時，我們都沒料到對話可能如此進行。

「這就是你讀完《刺殺騎士團長》沒有什麼感覺，而我覺得惆悵無比之間的差別了。你已經早就進入小說結局裡一我一的境界：

為了日常生活而繼續畫著「商業用」的肖像畫。什麼都不想，只是對著畫布半自動地繼續動手。那就是我所求的生活，而且那也是人們對我所求的東西，而且那個工作帶給我確實的收入。那也是我所必要的東西。我有必須養的家人。

而我，仍然還在小說中出現那黑暗橫穴裡掙扎：

「我知道您從很久以前，就一直對黑暗而狹小的地方懷有強烈的恐懼感，如果進去那樣的地方會變得無法正常呼吸。對嗎？不過雖然如此，您還 是要鼓起勇氣進到那裡面去。要不然，就沒辦法得到想找的東西。」

「這個橫穴通到什麼地方嗎？」

「這個我也不知道。要去什麼地方，由您自己依您的意思決定。」

「不過我的意思也包含恐懼。」我說。「我擔心的是那個。我的恐懼也許會把事情扭曲，帶我走向錯誤的方向。」

「路是由您自己決定的。而且最重要的是，您已經選擇了該走的路了。也做很大的犧牲來到這個世界，乘船渡過那條河。已經無法回頭了。」

「相信自己。」

我也猶豫過退回原來的路，但在狹窄黑暗的洞穴中已經不可能倒退著爬出去，我真的好害怕，就像小說中說的，恐懼把我全身包緊，我既無法前進，也無法後退，孤獨而無力，被所有的光遺棄了。」我說。

「果然我是已經爬出黑暗的橫穴去到另外那一邊的人了，妳說的這段幾乎沒有印象，應該是自行匆匆瞥過去。」朋友說。

「是啊，更令人沮喪的是，就算不要停止這樣繼續前進，就算把心緊緊繫住不能讓心隨便動搖，就算在記憶中尋找，就算把燈關掉，仔細傾聽風的聲音，我還是不知道自己的心在哪裡，我的心到底在哪裡？」

我說：「然後，就算拋棄了所有的理性，使出渾身的力氣把身體往更狹窄的空間裡擠過去，就算身體因為痛苦而激烈地哀叫，就算小說裡主角花了四十六萬字掙扎，努力痛苦到全身關節都要拆散掉那樣地衝過黑暗，最後還是掉回原來的洞裡……。

因為有必須保護的人，只能回到繼續畫肖像畫維生的生活。」

「沒有人擁有已經完成的人生，所有的人永遠都是未完成的。」

「我還是好害怕，覺得好黑暗，這麼努力，努力到精疲力竭結果還是什麼都畫不出來實在令人難受。」

「不用擔心。時間會解決一切。所以對於有形的東西，時間是偉大的東西。時間雖然不是永遠有的東西，不過在有的時候，是相當可以發揮效果的。所以好好期待吧。」

「你想告訴我這個嗎？」

「不，這段話是騎士團長說的。我們只能相信騎士團長真的存在喲。」

注：

1 出自《舞・舞・舞》。

2 出自《刺殺騎士團長》（包含這句，以下標示標楷體處之引言皆出自本書）。

郭正佩

台大物理系畢業後進入麻省理工學院、日本東京大學深造，研究數位影像內容搜尋管理。曾在法國電信公司巴黎研發中心實習，也曾在NTTDoCoMo無線通信研究所工作。著有《e貓掉進未來湯》、《絲慕巴黎》、《聖傑曼的佩——絲慕巴黎第二話》、《東京・村上春樹・旅》、《希臘・村上春樹・貓》、《托斯卡尼・鼓聲・艷陽》等作品。

選擇＋填空題

檢定 高級

注意：本級不附答案與解說，歡迎村上狂至聯合文學雜誌臉書與網站獲取解答。隨時公佈，敬請注意。

村上「狂」資格檢定題

村上高級檢定為選擇與填空題，每題1分。共25題，合計25分。

1

□ 《舞・舞・舞》中「我」認為自身的工作只是資本主義社會下的「文化鏟雪」，但仍努力重返社會，重新出發。同時這部作品對村上而言也有許多新嘗試，請問何者為非？①第一次使用文字處理機②第一次在羅馬寫作③第一次學會向出版社報帳

2

□ 村上旅行過許多島嶼，甚至有以之為名的遊記《蘭格漢斯島的午後》，請問關於「朱拉島」，下列何者不是村上作品中的敘述？①蘇格蘭威士忌的產地②歐威爾隱身寫《1984》之地③極光十分美麗

3

□ 哪位學者沒有村上春樹文學研究論著？①藤井省三②柴田元幸③小森陽一

4

□ 日本有許多以作家命名的文學獎，請問哪個獎村上春樹還沒拿過？①谷崎潤一郎獎②桑原武夫獎③大江健三郎獎

5

□ 村上幾次將同一作品改編成另一作品發表。例如：《電視人》收錄的〈睡〉是1992年3月30日《The New Yorker》刊登的版本，單行本的《睡》則是事隔21年的升級版本。請問那麼《挪威的森林》是改寫自哪部作品？①〈下午最後一片草坪〉②〈襲擊麵包店〉③〈螢火蟲〉

6

□ 以下何者是截至2018年2月為止，村上得過的歐美文學獎項？①普立茲小說獎②諾貝爾文學獎③世界奇幻文學獎。

7

□ 哪一句或可以說明《尋羊冒險記》裡老鼠自殺後的靈魂，向「我」表示為什麼拒絕和附身在自己身上的羊一起支配權力機構？①我的敵人或許就是我自己心中的我。我自己心中有非我。②我喜歡我的軟弱。也喜歡痛苦和難過噢。③我只不過是單純的單純的無法忍受。

8

□ 女性在村上文學中佔有重要象徵意義，下列何者不是村上作品中的詮釋？①我們在所有的女人當中多少可以感到瑪利亞的存在。②她們能提供一種讓你身處在現實中，卻能同時將現實無效化的特殊時間。③具有「在人生的中途不知怎麼失去的，後來應該長久繼續在尋找」的特質。

9

□ 哪一句話不是出自《世界末日與冷酷異境》？①明天還沒有沾手全新完整地留著。②你並沒有失去自己。只是記憶巧妙地隱藏起來了而已。③我必須做的事一件也沒有，到處都沒有。但只有這裡，我不能留。

10

□ 作為創作主題，佛洛伊德提出的「弒父情結」反覆出現。請問何作中較少著墨？①《沒有女人的男人們》②《海邊的卡夫卡》③《刺殺騎

士團長》

11

□ 初期作品常散發著「失落感」，描寫年輕的主角無法好好處理的氛圍是基調。因此進行某些儀式超越這種心情，例如《1973的彈珠玩具》中，「我」的雙胞胎女友，要「我」一起為某個東西進行葬禮，請問那是什麼？①彈珠玩具②配電盤③遊樂場

12

□ 村上文學中，經常在看似輕鬆的戀愛或幽默的情節之中，帶入生與死的大哉問。以下何者不是作品中的描述？①我們用各自的方式，掙扎著活下去，因為不能求死，只能求生，而活著就得把那種決心和意志顯示出來。②生和死，在某種意義上是等價的。③死亡並不是生命的反面，死亡存在於生命中，是生命的一部分。

13

□ 在哪個得獎致詞中，村上春樹初次公開談到他的父親？①安徒生文學獎②以色列耶路撒冷獎③法蘭茲卡夫卡獎

14

□ 以下哪位插畫家和村上春樹創作冊數最多？①佐佐木maki ②安西水丸③大橋步

15

□ 哪位人物最適合作為《舞・舞・舞》中「我一直以為人是慢慢變老的，其實不是，人是一瞬間變老的。」一文的註解？①KIZUKI ②妙妙③佐伯小姐

16

□ 村上曾在《海邊的卡夫卡》、《1Q84》和《刺殺騎士團長》皆引用過的契訶夫名言：「＿＿＿＿」，後設說明趣味十足。

17

□ 村上嗜讀冷硬派偵探小說，曾以《＿＿＿＿》這部經典作品的電影男配角之名，創作〈雪梨的綠街〉。

18

□ 日本古典文學家＿＿＿＿作品中

的典故，經常被村上小說挪用。

19 □ 《發條鳥年代記》中失蹤的妻子的故鄉、《海邊的卡夫卡》卡夫卡少年隱身之處，以及《沒有》短篇〈木野〉自我放逐的地方，都是日本的＿＿＿＿。透過離開當下環境，進入與世隔絕的空間。

20 □ 在《東尼瀧谷》中飾演男主角，並且相貌酷似村上本人的演員叫做＿＿＿＿。

21 □ 曾多次表示想要創作出總和小說（綜合小　），而《1Q84》便是一次實驗。請問他理想的效仿之作是＿＿＿＿。

22 □ 《國境之南．太陽之西》的「我」和小學同學島本重逢的年紀、《沒有色彩的多崎作和他的巡禮之年》的主角重訪舊友改寫人生的時序，以及《刺殺騎士團長》的「我」面臨畫家轉型的分岐點，都是＿＿＿＿歲。

23 □ 《刺殺騎士團長》的「我」之所以能掌握肖像畫的神韻，主要是因為他會留意「盡可能在委託者身上看出自己能感到＿＿＿＿之處。」

24 □ ＿＿＿＿和 **25** ＿＿＿＿這兩部長篇小說，其名稱之典故來自古典音樂。

文學生活

大人的村上檢定：即使親密友人也無法給予又深又硬的安慰的村上春樹專門讀本

2018年4月初版
定價：新臺幣290元

編者	村上文學檢定士協會
叢書主編	許俐葳
叢書編輯	饒美君
校對	陳佩伶
	詹宜蓁
美術設計	陳怡絜

出版者	聯經出版事業股份有限公司
地址	新北市汐止區大同路一段369號1樓
編輯部地址	新北市汐止區大同路一段369號1樓
叢書編輯電話	(02)86925588轉5332
台北聯經書房	台北市新生南路三段94號
電話	(02)23620308
台中分公司	台中市北區崇德路一段198號
暨門市電話	(04)22312023
台中電子信箱	e-mail：linking2@ms42.hinet.net
郵政劃撥帳戶	第0100559-3號
郵撥電話	(02)23620308
印刷者	文聯彩色製版有限公司
總經銷	聯合發行股份有限公司
發行所	新北市新店區寶橋路235巷6弄6號2樓
電話	(02)29178022

聯合文學雜誌	
總編輯	王聰威
聯經出版	
總編輯	胡金倫
總經理	陳芝宇
社長	羅國俊
發行人	林載爵

行政院新聞局出版事業登記證局版臺業字第0130號

本書如有缺頁，破損，倒裝請寄回台北聯經書房更換。
ISBN 978-957-08-5096-3 (平裝)
聯經網址：www.linkingbooks.com.tw
電子信箱：linking@udngroup.com

國家圖書館出版品預行編目資料

大人的村上檢定/村上文學檢定士協會編．初版．臺北市．聯經．2018年4月（民107年）．240面．17×23公分（文學生活）
ISBN 978-957-08-5096-3（平裝）

1.村上春樹 2.文學評論

861.479　　107002882